FORT WORTH LIBRARY

Y0-CBI-739

Deseo™

Seducida por el millonario

SUSAN MALLERY

HARLEQUIN™

Editado por HARLEQUIN IBÉRICA, S.A.
Núñez de Balboa, 56
28001 Madrid

© 2009 Susan Macias Redmond. Todos los derechos reservados.
SEDUCIDA POR EL MILLONARIO, N.º 1755 - 24.11.10
Título original: High-Powered, Hot-Blooded
Publicada originalmente por Silhouette® Books.

Todos los derechos están reservados incluidos los de reproducción,
total o parcial. Esta edición ha sido publicada con permiso de
Harlequin Enterprises II BV.
Todos los personajes de este libro son ficticios. Cualquier parecido
con alguna persona, viva o muerta, es pura coincidencia.
® Harlequin, Harlequin Deseo y logotipo Harlequin son marcas
registradas por Harlequin Books S.A.
® y ™ son marcas registradas por Harlequin Enterprises Limited y
sus filiales, utilizadas con licencia. Las marcas que lleven ® están
registradas en la Oficina Española de Patentes y Marcas y en otros
países.

I.S.B.N.: 978-84-671-9095-3
Depósito legal: B-35402-2010
Editor responsable: Luis Pugni
Preimpresión y fotomecánica: M.T. Color & Diseño, S.L.
C/ Colquide, 6 portal 2 - 3º H. 28230 Las Rozas (Madrid)
Impresión y encuadernación: LITOGRAFÍA ROSÉS, S.A.
C/ Energía, 11. 08850 Gavá (Barcelona)
Fecha impresion para Argentina: 23.5.11
Distribuidor exclusivo para España: LOGISTA
Distribuidor para México: CODIPLYRSA
Distribuidores para Argentina: interior, BERTRAN, S.A.C. Vélez
Sársfield, 1950. Cap. Fed./ Buenos Aires y Gran Buenos Aires,
VACCARO SÁNCHEZ y Cía, S.A.
Distribuidor para Chile: DISTRIBUIDORA ALFA, S.A.

Prólogo

Empresario se carga a la competencia.

Duncan Patrick de nuevo machaca a la competencia. El conocido empresario termina el año con dos adquisiciones más: una pequeña empresa europea de transporte por carretera y una lucrativa línea de ferrocarril en Sudamérica. Con las Industrias Patrick dominando el mercado del transporte, uno se atrevería a pensar que puede permitirse el lujo de ser magnánimo, pero aparentemente no es el caso. Por segundo año consecutivo, Duncan Patrick ha sido nombrado el empresario más odiado del país. Como era de esperar, el esquivo multimillonario ha rechazado ser entrevistado para este artículo.

–¡Esto es inaudito! –Lawrence Patrick tiró el periódico sobre la mesa del consejo de administración, furioso.

Duncan se echó hacia atrás en la silla, intentando disimular un bostezo.

–¿Querías que diese una entrevista?

–No me refiero a eso y tú lo sabes.

–¿Entonces? –le preguntó Duncan, mirando a su tío y a los demás miembros del consejo–. ¿Estamos ganando demasiado dinero? ¿Los inversores no están contentos?

–La cuestión es que la prensa te odia –replicó Lawrence–. Has comprado un camping de caravanas y echaste a los residentes, la mayoría de ellos personas mayores o sin medios económicos.

–El camping estaba al lado de una de nuestras nuevas instalaciones, necesitaba esa parcela para ampliarlas. Y el consejo de administración lo aprobó.

–¡No aprobábamos a las ancianas que salían en televisión llorando porque no tenían ningún sitio al que ir!

Duncan levantó los ojos al cielo.

–Pero bueno… parte del trato era llevar a los residentes a otro camping mucho más grande y que está en una zona residencial. Tienen un servicio de autobuses en la puerta y hemos pagado el traslado… nadie se ha quejado ni ha pedido un céntimo. Han sido los medios de comunicación los que han creado esa historia.

Uno de los miembros del consejo lo fulminó con la mirada.

–¿Estás negando que dejaste en la ruina a la competencia?

–No, en absoluto. Si quiero comprar una empresa y el dueño se niega a vendérmela encuentro la manera de convencerlo –Duncan se irguió en su silla–. Una manera legal, señores. Todos ustedes han invertido en la empresa y todos han ganado dinero. Me importa un bledo lo que la prensa diga de mí o de Industrias Patrick.

–Ahí está el problema –intervino su tío–. A nosotros, sí nos importa. Industrias Patrick tiene una reputación espantosa, igual que tú.

–Las dos inmerecidas.

–En cualquier caso, ésta no es tu empresa, Duncan

–le recordó otro de los miembros del consejo–. Nos llamaste cuando necesitabas dinero para comprar la parte de tu socio y el trato es que tienes que contar con nosotros para tomar decisiones.

A Duncan no le gustaba nada eso. Él era quien había convertido a Industrias Patrick en un gigante cuando sólo era una empresa familiar. No el consejo de administración, él.

–Si estás amenazándome…

–No te estamos amenazando –dijo otro miembro del consejo–. Duncan, nosotros entendemos que hay una diferencia entre «agresivo» y «perverso», pero el público no lo entiende. Te estamos pidiendo que controles tu comportamiento durante los próximos meses.

–Sal de esa lista como sea –dijo su tío, moviendo el periódico frente a su cara–. Prácticamente estamos en Navidad. Da dinero a los huérfanos, encuentra una causa benéfica… rescata a un cachorro, sal con una buena chica para variar. Nos da igual que cambies de verdad o no, la percepción lo es todo y tú lo sabes.

Duncan sacudió la cabeza.

–Así que no os importa que sea el mayor canalla del mundo mientras nadie lo sepa, ¿no?

–Eso es.

–Muy bien, de acuerdo –Duncan se levantó de la silla. Podía «hacerse el bueno» durante unos meses, mientras buscaba dinero para comprar las acciones de los miembros del consejo. Entonces no tendría que dar explicaciones a nadie y así era como a él le gustaban las cosas.

Capítulo Uno

Annie McCoy podía aceptar una rueda pinchada porque el coche era viejo y debería haber cambiado las ruedas la primavera anterior. También podía entender que Cody hubiese comido tierra en el patio y que vomitase después sobre su falda favorita.

No se quejaría de la carta que había recibido de la compañía eléctrica señalando, muy amablemente, eso sí, que tenía pendiente la última factura… otra vez. Pero todo eso le había ocurrido el mismo día. ¿El universo no podía darle un respiro?

En el viejo porche de su casa, Annie revisó el resto del correo. No había más facturas, a menos que esa carta de UCLA exigiese el inmediato pago de la matrícula de su prima Julie.

La buena noticia era que su prima había conseguido entrar en la prestigiosa universidad. La mala noticia, que ella tenía que pagar sus estudios.

Incluso viviendo en casa, el coste de una carrera era enorme y Annie hacía lo que podía para ayudar.

–Un problema para otro momento –se dijo a sí misma mientras abría la puerta y dejaba el correo en la caja hecha de macarrones y pintada con purpurina dorada que sus alumnos le habían regalado el año anterior.

Suspirando, entró en la cocina para mirar la pizarra donde anotaba los horarios…

Era miércoles, de modo que Julie tenía clase por la noche. Jenny, la gemela de Julie, estaría trabajando en el restaurante de Westwood. Y Kami, la estudiante de intercambio de Guam, había ido de compras con unos amigos.

De modo que tenía la casa para ella sola… al menos durante un par de horas. Y era como estar en el cielo.

Sonriendo, sacó de la nevera una botella de vino blanco y, después de servirse una copa, se quitó los zapatos y salió descalza al jardín.

La hierba era tan fresca bajo sus pies… alrededor de la verja crecían plantas y flores. Estaban en Los Ángeles y allí todo crecía de maravilla mientras pudieras pagar la factura del agua. Además, le recordaban a su madre, que había sido una estupenda jardinera.

Pero apenas se había dejado caer en el viejo y oxidado balancín bajo la buganvilla cuando sonó el timbre. Por un momento pensó no abrir pero, suspirando, volvió a entrar en la casa, abrió la puerta y miró al hombre que estaba en el porche.

Era alto y atlético, su traje de chaqueta destacando unos hombros y un torso anchísimos. Parecía uno de esos gigantes que estaban en las puertas de las discotecas. Tenía el pelo oscuro y los ojos grises más fríos que había visto nunca. Y parecía enfadado.

–¿Quién es usted? –le espetó, a modo de saludo–. ¿La novia de Tim? ¿Está él aquí?

Annie lo miró, perpleja.

–Hola –le dijo–. Imagino que es así como quería empezar la conversación.

–¿Qué?

–Diciendo «hola».

La expresión del hombre se ensombreció aún más.

–No tengo tiempo para charlar. ¿Está aquí Tim McCoy?

El tono no era nada amistoso y la pregunta no la animó en absoluto. Dejando la copa de vino sobre la mesita, Annie se preparó para lo peor.

–Tim es mi hermano. ¿Quién es usted?

–Su jefe.

–Ah.

Aquello no podía ser bueno, pensó, dando un paso atrás e invitándolo a entrar con un gesto. Tim no le había contado mucho sobre su nuevo trabajo y ella había tenido miedo de preguntar.

Tim era… un irresponsable. No, eso no era verdad del todo. A veces era encantador y cariñoso, pero tenía una vena diabólica.

El hombre entró en la casa y miró alrededor. El salón era pequeño y un poco destartalado, pero acogedor, pensó Annie. Por lo menos, eso era lo que quería creer.

–Yo soy Annie McCoy –le dijo, ofreciéndole su mano–. La hermana de Tim.

–Duncan Patrick.

Annie tuvo que disimular una mueca cuando el desconocido estrechó su mano. Afortunadamente, no había querido apretar porque podría haberle roto los dedos.

–O convertirlos en pan rallado.

–¿Qué?

–Ah, nada, es un cuento. ¿No quería la bruja de Hansel y Gretel pulverizar sus huesos para hacer pan rallado? No, ésos eran los gigantes… no me acuerdo. Tendré que volver a verlo.

Duncan frunció el ceño.

–No se preocupe –sonrió Annie–. No es nada contagioso, es que se me ocurren cosas raras de vez en cuando. Pero no se lo voy a pegar –nerviosa, se aclaró la garganta–. En cuanto a mi hermano, no vive aquí.

–Pero ésta es su casa.

¿Era ella o el tal Duncan Patrick no era el más listo de la clase?

–No vive aquí –repitió, hablando más despacio. A lo mejor eran todos esos músculos. Demasiada sangre en los bíceps y no la suficiente en el cerebro.

–Lo he entendido, señorita McCoy. ¿No es Tim el propietario de la casa? Él me dijo que era suya.

A Annie no le gustó nada oír aquello.

–No, es mi casa –le dijo, apoyándose en el respaldo de una silla–. ¿Por qué lo pregunta?

–¿Sabe dónde está su hermano?

–No, no lo sé.

Tim se había metido en algún lío, seguro. Duncan Patrick no parecía la clase de hombre que aparecía en casa de alguien por capricho y eso significaba que Tim había vuelto a meter la pata.

–¿Qué ha hecho ahora?

–Ha robado dinero de mi empresa.

La habitación pareció girar de repente. Annie sintió que su estómago daba un vuelco y se preguntó si iba a pasarle lo que le había pasado a Cody en el patio.

Tim había robado dinero…

Le gustaría preguntar cómo era posible, pero en realidad ya sabía la respuesta: Tim tenía un problema con el juego. Le gustaba demasiado y vivir a cinco horas de Las Vegas complicaba el problema aún más.

–¿Cuánto? –le preguntó.

–Doscientos cincuenta mil dólares.

Annie se quedó sin aire. Podría haber dicho un millón o diez millones. Era demasiado dinero, una cantidad imposible de devolver.

–Veo por su expresión que no sabía de las actividades de su hermano –dijo Duncan Patrick.

Annie negó con la cabeza.

–Que yo sepa, a Tim le encantaba su trabajo.

–Demasiado –dijo él, burlón–. ¿Es la primera vez que roba dinero?

Ella vaciló durante un segundo.

–Pues… ha tenido algún problema antes.

–¿Por culpa del juego?

–¿Lo sabe?

–Me dijo algo cuando hablé con él hace un rato. Pero también me dijo que tenía una casa en propiedad y que el valor de la casa era mayor que la cantidad robada.

Annie abrió mucho los ojos.

–¿Pero qué está diciendo?

–Lo que ha oído, señorita McCoy. ¿Es ésta la casa a la que se refería?

Ahora de verdad iba a vomitar, pensó ella. ¿Tim le había ofrecido la casa? ¿Su casa? Era todo lo que tenía.

Cuando su madre murió les había dejado la casa y el dinero del seguro a los dos y ella había usado su parte para comprarle la mitad de la casa a Tim. Supuestamente, su hermano iba a usar el dinero para pagar el préstamo universitario y dar la entrada para un apartamento… claro que, en lugar de hacerlo, se había ido a Las Vegas.

Pero eso fue casi cinco años antes.

–Ésta es mi casa –le dijo–. Es mía y está a mi nombre.

La expresión de Duncan no cambió en absoluto.

–¿Su hermano tiene alguna otra propiedad?

Annie negó con la cabeza.

–Gracias por su tiempo –dijo él entonces, dirigiéndose a la puerta.

–Espere un momento –lo llamó Annie. Tim podía ser un auténtico irresponsable, pero era su hermano–. ¿Qué va a pasar ahora?

–Que su hermano irá a la cárcel.

–Tim necesita ayuda psicológica, no ir a la cárcel. ¿La empresa no tiene un seguro médico? Podrían enviarlo a una clínica de rehabilitación o algo así.

–Podríamos haberlo hecho… antes de que se llevase el dinero. Lo siento, pero si no puede devolverlo tendré que llamar a la policía. Doscientos cincuenta mil dólares es mucho dinero, señorita McCoy.

–Annie –dijo ella, sin pensar. Doscientos cincuenta mil dólares era más dinero del que aquel hombre podía imaginar–. ¿Y no podría devolvérselo poco a poco?

–No –Duncan Patrick miró alrededor de nuevo–. Pero si está dispuesta a hipotecar la casa para ayudarlo, tal vez podría retirar los cargos.

Hipotecar la…

–¿Y marcharme de aquí? Esto es todo lo que tengo en el mundo. No puedo hacerlo.

–¿Ni siquiera por su hermano? No perdería la casa si pagase la hipoteca todos los meses. ¿O también usted tiene un problema con el juego?

El desprecio que había en su tono era realmente irritante, pensó Annie, mirando el traje de chaqueta italiano y el reloj de oro que seguramente costaría más de lo que ella ganaba en tres meses. Y estaba segura de que si se asomaba al porche, en la puerta vería un lujoso deportivo. Con buenas ruedas.

Era increíble. Estaba agotada, hambrienta y aquello era lo último que necesitaba.

Tomando la factura de la luz de la cajita, Annie movió el papel delante de su cara.

–¿Usted sabe lo que es esto?

–No.

–Es una factura, una que no he podido pagar a tiempo. ¿Y sabe por qué?

–Señorita McCoy…

–Responda a mi pregunta. ¿Sabe usted por qué no he podido pagarla a tiempo?

Él parecía más divertido que asustado y eso la enfadó aún más.

–No. ¿Por qué?

–Porque ahora mismo tengo que ayudar a mis dos primas, que están en la universidad y sólo han conseguido la mitad de una beca. Su madre es peluquera y tiene muchos problemas… ¿usted ha visto cómo comen las chicas de dieciocho años? No sé dónde meten todo lo que comen con lo flacas que están, pero le aseguro que comen muchísimo –Annie hizo un gesto con la mano–. Venga aquí un momento.

Entró en la cocina y, sorprendentemente, Duncan Patrick la siguió sin protestar.

–¿Ve eso? –le preguntó, señalando la pizarra–. Es el horario de la gente que vive en esta casa, mis dos primas, Kami y yo. Kami es nuestra estudiante de intercambio. Es de Guam y no tiene dinero para pagar un apartamento, así que también vive aquí. Y aunque todas ayudan en lo que pueden, no es suficiente –Annie hizo una pausa para respirar–. Estoy dando de comer a tres estudiantes universitarias, pagando la mitad de las matrículas, los libros y la comida. Tengo un coche viejo, una casa que necesita reparaciones constantes y mi propio préstamo universitario que pagar. Y hago todo eso con el sueldo de una profesora de primaria. Así que no, hipotecar mi casa, lo único que tengo en el mundo, es algo que no puedo hacer.

Después de soltar su discurso se quedó mirando al extraño, rezando para que se compadeciese de ella.

Pero no fue así.

–Aunque todo eso es muy interesante –empezó a decir él–, me siguen faltando doscientos cincuenta mil dólares. Si sabe dónde está su hermano, sugiero que lo convenza para que se entregue, señorita McCoy. Si la policía tiene que detenerlo será aún peor para él.

El peso del mundo parecía haber caído sobre los hombros de Annie.

–No puede hacer eso. Yo le pagaré cien dólares al mes... doscientos dólares. Puedo hacerlo, se lo juro –le suplicó, pensando que podría buscar un trabajo por las tardes–. Sólo faltan cuatro semanas para Navidad. No puede meter a mi hermano en la cárcel... Tim necesita ayuda y mandarlo a la cárcel no cambiará nada. Además, usted no necesita dinero.

–¿Y por eso está bien que alguien me robe? –le espetó él, sus ojos más fríos que nunca.

–No, claro que no. Pero, por favor, escúcheme. Estamos hablando de mi familia.

–Entonces hipoteque su casa, señorita McCoy.

Lo había dicho con total frialdad. Estaba claro que pensaba meter a Tim en la cárcel.

¿Y qué podía hacer ella? La casa o la libertad de Tim. El problema era que no confiaba en que su hermano cambiase. ¿Pero cómo iba a dejar que lo metieran en la cárcel?

–Es imposible –le dijo.

–No, en realidad es muy fácil.

–Para usted, claro. ¿Quién es usted, el hombre más malvado del planeta?

Él se irguió entonces. Si no hubiera estado mirándolo fijamente no se habría dado cuenta de la repentina tensión en sus hombros.

–¿Qué ha dicho?

–Tal vez podamos encontrar otra solución, un compromiso. A mí se me da bien negociar –lo que quería decir era que se le daba bien negociar con niños difíciles, pero dudaba que Duncan apreciase la comparación.

–¿Está usted casada, señorita McCoy?

–¿Qué? –Annie miró alrededor, asustada–. No, pero todos mis vecinos me conocen y si me pusiera a gritar vendrían inmediatamente.

–No estoy amenazándola.

–Ah, qué suerte tengo. Pero está aquí para amenazar a mi hermano, que es lo mismo.

–Dice que es profesora de primaria… ¿desde cuándo?

–Es mi quinto año. ¿Por qué?

–¿Le gustan los niños?

–Soy profesora de primaria, ¿usted qué cree?

–¿Toma drogas? ¿Ha tenido problemas con el alcohol o alguna otra adicción?

Al chocolate, pensó ella, pero en realidad la adicción al chocolate era una cosa de chicas.

–No, pero yo…

–¿Alguno de sus ex novios está en prisión?

Annie lo miró, furiosa.

–Oiga, que está hablando de mí y estoy aquí mismo.

–No ha respondido a mi pregunta.

Annie se dijo a sí misma que no tenía por qué hacerlo, que su vida no era asunto de aquel extraño. Pero se encontró diciendo:

–No, por supuesto que no.

Él se apoyó en la encimera, cruzando los brazos sobre el pecho.

–¿Y si hubiera una tercera opción? ¿Otra manera de salvar a su hermano?

–¿Y cuál sería?

–Faltan cuatro semanas para Navidad y me gustaría contratarla para las fiestas. A cambió, olvidaré la mitad de la deuda de Tim, lo enviaré a una clínica de rehabilitación y haré un programa de pagos por el resto del dinero, que Tim pagará cuando salga de la clínica.

Todo eso sonaba demasiado bueno para ser verdad.

–¿Qué tengo yo que valga ciento veinticinco mil dólares?

Por primera vez desde que entró en la casa, Duncan Patrick sonrió y eso transformó su rostro por completo, dándole un aspecto juvenil y muy atractivo.

Y también poniéndola a ella muy nerviosa.

–No estará hablando de sexo, ¿verdad?

–No, señorita McCoy. No quiero acostarme con usted.

Annie se puso colorada hasta la raíz del pelo.

–Sé que no soy una chica muy sexy… –empezó a decir. Duncan enarcó una ceja–. Soy más bien la mejor amiga –siguió ella, deseando que se la tragase la

15

tierra–. La chica a la que los hombres le cuentan cosas, no con la que se acuestan. La que presentan a sus madres.

–Exactamente –dijo él.

–¿Quiere presentarme a su madre?

–No, quiero presentarle a todos los demás. Quiero que sea mi pareja en todos los eventos sociales a los que debo acudir durante las fiestas. Usted le demostrará al mundo que no soy un canalla sin corazón.

–No lo entiendo –murmuró Annie, perpleja–. Podría usted salir con quien quisiera.

–Sí, pero las mujeres con las que quiero salir no resuelven el problema. Usted sí.

–¿Cómo?

–Es usted profesora de primaria, cuida de su familia… es una buena chica y eso es lo que yo necesito. A cambio, su hermano no irá a la cárcel –dijo él.

–Pero yo…

–Annie, si me dices que sí, tu hermano tendrá la ayuda que necesita –la interrumpió Duncan entonces, tuteándola por primera vez–. Si me dices que no, irá a la cárcel.

–Pero eso no es justo. No está jugando limpio.

–Yo siempre juego para ganar. ¿Cuál es tu decisión?

Capítulo Dos

Mientras Duncan esperaba la respuesta, Annie tomó una silla y la colocó frente a la nevera. Luego se subió a ella para sacar un paquete de cereales con fibra del armario y de él sacó una bolsa llena de bolitas de color naranja.

–¿Qué estás haciendo? –le preguntó él, pensando que el estrés le había hecho perder la cabeza.

–Sacando mi chocolate de emergencia. Vivo con tres mujeres y si cree que algo de chocolate duraría más de cinco minutos en esta casa, está muy equivocado –Annie se echó un puñado de bolitas en la mano y volvió a cerrar la bolsa.

–¿Por qué son de color naranja?

Ella lo miró como si tuviera dos cabezas.

–Son M&M de Halloween. Los compré a primeros de noviembre, cuando estaban a mitad de precio –contestó metiéndose una bolita en la boca.

Muy bien, aquello era muy extraño, pensó Duncan.

–Antes estabas tomando una copa de vino. ¿Ya no la quieres?

–¿En lugar del chocolate? No.

Llevaba un jersey ancho de color azul, a juego con sus ojos, y una falda que le llegaba por la rodilla. Iba descalza y… tenía unas margaritas diminutas pintadas en cada uña. Aparte de eso, Annie McCoy no lle-

17

vaba ni gota de maquillaje, ni joyas, sólo un reloj barato en la muñeca. Tenía el pelo rizado, de un bonito tono dorado, que caía sobre sus hombros. No parecía una mujer muy preocupada por su aspecto.

Y le parecía muy bien. El exterior se podía arreglar, lo que a él le preocupaba era el carácter. Por lo que había visto, era una persona compasiva y generosa. En otras palabras, una ingenua. Mejor para él. En aquel momento necesitaba una persona así para que los del consejo de administración lo dejasen en paz hasta que pudiese retomar el control.

–No has respondido a mi pregunta.

Annie suspiró.

–Lo sé, pero no he respondido porque sigo sin saber qué quiere de mí.

Él señaló las sillas que rodeaban la mesa de la cocina.

–¿Por qué no nos sentamos?

Era su casa, debería ser ella quien lo invitase a sentarse. Aun así, Annie se encontró apartando la silla. Debería ofrecerle también un caramelo de chocolate, pero tenía la impresión de que iba a necesitarlos todos.

Duncan Patrick se sentó frente a ella y apoyó los codos en la mesa.

–Soy el propietario de una empresa… Industrias Patrick.

–Dígame que es un negocio familiar –suspiró Annie–. Lo ha heredado, ¿verdad? No será tan egocéntrico como para haberle puesto su nombre, ¿no?

Él tuvo que disimular una sonrisa.

–Veo que el chocolate te da valor.

–Un poco, sí.

–Heredé la empresa cuando estaba en la universi-

18

dad. Era una empresa pequeña y la convertí en una corporación multimillonaria en quince años.

Pues qué suerte, pensó ella. Pertenecer al dos por ciento de la población que había sacado un sobresaliente alto en la reválida no era precisamente impresionante comparado con sus millones.

–Para llegar tan lejos y tan rápido he tenido que ser despiadado –siguió él–. He comprado empresas y las he fusionado con la mía para modernizarlas y conseguir beneficios.

Annie contó los caramelos que le quedaban. Ocho bolitas de cielo.

–¿Ésa es una manera amable de decir que se dedica a despedir gente?

Él asintió con la cabeza.

–Al mundo empresarial le encantan las historias de éxito, pero sólo hasta un punto. Ahora todos me consideran un monstruo y estoy teniendo mala prensa últimamente, así que necesito contraatacar.

–¿Y por qué le importa lo que la gente diga de usted?

–A mí no me importa, pero al consejo de administración sí. Tengo que convencer a todo el mundo de que soy… una buena persona.

Annie tuvo que sonreír.

–Y no lo es, ¿eh?

–No.

Tenía unos ojos inusuales, pensó ella. El gris daba un poquito de miedo, pero resultaba atractivo. Si no fuesen tan fríos…

–Tú eres exactamente lo que pareces, una profesora joven y guapa con más compasión que sentido común. A la gente le gusta eso y a la prensa también.

–¿A la prensa, qué prensa?

–Me refiero a la prensa económica, no a los programas de cotilleo. Desde hoy hasta el día de Navidad tengo que acudir a una docena de eventos y quiero que vayas conmigo.

–¿Para qué?

–Quiero que todo el mundo crea que estamos saliendo juntos. Por supuesto, todos pensarán que eres encantadora y, por asociación, cambiarán de opinión sobre mí.

Sonaba relativamente fácil, pensó ella.

–¿Y no sería más fácil ser una buena persona? Esto me recuerda al instituto, cuando la gente se esforzaba al máximo para hacer trampas. Podrían haber pasado todo ese tiempo estudiando y habrían conseguido sacar mejores notas, pero preferían copiar.

Duncan frunció el ceño.

–Mis razones no están a debate.

–Bueno, lo decía por decir –sonrió Annie, tomando otra bolita de chocolate.

–Si estás de acuerdo, tu hermano ingresará en una clínica inmediatamente, en las condiciones que hemos hablado antes, y tendrá la segunda oportunidad que tú pareces creer que merece. Pero si le cuentas a alguien que nuestra relación es falsa, si dices algo malo de mí, Tim irá a la cárcel.

Un trato con el diablo, pensó Annie, preguntándose cómo era posible que una buena chica como ella se hubiera metido en un apuro como aquél. Claro que ser «una buena chica» era lo único importante, por lo visto.

La sensación de estar atrapada era real. Como lo era que, aunque todo el mundo parecía creer que su obligación era cuidar de los demás, nadie, ni su hermano Tim ni, aparentemente, Duncan Patrick, se molestaban en pensar en ella.

–No pienso mentirle a mi familia –le dijo–. Mis primas y Kami tienen que saber la verdad.

Duncan pareció considerarlo un momento.

–Sólo ellas. Pero si se lo cuentas a alguien más…

–Ya, lo sé, lo sé, que me corten la cabeza. ¿Ha hecho algún seminario sobre comunicación o Relaciones Públicas? Yo creo que si se esforzase un poco podría…

Los ojos grises se volvieron de hielo, de modo que Annie decidió cerrar la boca.

–¿Estás de acuerdo?

¿Qué otra cosa podía hacer?, se preguntó ella. Tim necesitaba ayuda. Había intentado convencerlo muchas veces de que lo suyo era una enfermedad, pero su hermano no le hacía caso. Tal vez si le obligaban a ingresar en un hospital y hablar con un psicólogo podría cambiar.

Y como la alternativa era que acabase en la cárcel, ella no podía hacer nada.

–Muy bien, de acuerdo –dijo por fin–. Me haré pasar por su novia hasta Navidad. Le diré a todo el mundo que es amable, dulce y tiene el corazón blandito como una nube de algodón –Annie frunció el ceño–. Pero no sé nada sobre usted. ¿Cómo voy a hacerme pasar por su novia?

–Yo te daré el material que necesites.

–No creo que sea una lectura muy emocionante.

Duncan decidió pasar por alto el comentario.

–A cambio, Tim conseguirá la ayuda que necesita, cincuenta por ciento de la deuda será perdonada y haremos un plan de pagos razonable para el resto. ¿Tienes un vestuario apropiado?

–¿Qué quiere decir con lo de «apropiado»?

Duncan la miró fijamente y luego miró la cocina y el gastado suelo de linóleo.

–Será mejor preparar una cita con un estilista. Y cuando termine el mes podrás quedarte con la ropa –dijo luego, levantándose de la silla.

Annie se levantó tras él.

–¿Qué clase de ropa?

–Vestidos de cóctel y de noche –Duncan se detuvo frente a la puerta.

–Tengo el vestido que llevé el día de mi graduación…

–No creo que te sintieras cómoda llevándolo a todas las fiestas.

–¿Esto está pasando de verdad? –exclamó ella entonces–. ¿Estamos teniendo esta conversación?

–La primera fiesta tendrá lugar el sábado por la noche –siguió Duncan, como si no la hubiera oído–. Mi ayudante te llamará con toda la información. Por favor, intenta estar lista a tiempo.

Duncan Patrick hacía que su casa pareciese diminuta, tan masculino en contraste con el sofá y las cortinas de flores. Nunca habría imagino a un hombre como él en su vida, aunque sólo fuera temporalmente.

–Siento mucho que mi hermano le haya robado dinero.

–No es tu responsabilidad.

–Pues claro que lo es, es mi familia.

Por un segundo, Duncan pareció a punto de decir algo, pero al final se limitó a salir de la casa.

Annie cerró la puerta y se preguntó cómo iba a contarle a sus primas y a Kami lo que estaba a punto de hacer.

El sábado por la mañana, Jenny y Julie miraban a Annie con idénticas expresiones de asombro. Kami, en cambio, sólo parecía medianamente sorprendida.

–¿Que? –exclamó Julie–. ¿Qué has hecho qué?

Annie había decidido esperar todo lo posible antes de contárselo. Había escondido la carpeta que llegó el jueves metiéndola bajo la cama y haciendo todo lo posible para olvidarse de ella. Pero aquella noche tendría su primera «cita» con Duncan, de modo que iba a tener que echarle un vistazo tarde o temprano.

–He aceptado salir con el jefe de Tim durante un mes –empezó a decir–. En realidad, no estamos saliendo –añadió luego a toda prisa–. Sólo estamos fingiendo hasta Navidad. Se supone que eso ayudará a limpiar su imagen.

Aunque seguía sin entender cómo iba a ocurrir eso. ¿Duncan esperaba que diese entrevistas? A ella no se le daría bien hablar en público. Podía hacerlo delante de niños de cinco años, pero delante de adultos se pondría nerviosa.

–No lo entiendo –dijo Kami–. ¿Por qué?

Jenny y Julie intercambiaron una mirada.

–Esto es por culpa de Tim, ¿a que sí? Ha vuelto a hacer alguna de las suyas –dijo Jenny.

–Sí, bueno… se ha quedado con un dinero que no es suyo, pero Duncan Patrick va a llevarlo a una clínica especializada y, con un poco de suerte, allí lo ayudarán.

23

–A él, no a ti –Julie se apartó el pelo de la cara–. A ver si lo adivino: Tim te ha involucrado a ti. ¿Qué le ha contado a su jefe?

–No le ha dicho nada sobre mí… –Annie se aclaró la garganta. Aunque no quería contarles toda la verdad, se le daba mal mentir. Bueno, salvo cuando se trataba de esconder chocolate.

Les explicó rápidamente lo de los doscientos cincuenta mil dólares y que Duncan Patrick perdonaría la mitad de esa cantidad si Tim accedía a ingresar en una clínica especializada y pagar el resto cuando volviese a trabajar.

Julie se levantó de un salto.

–Te lo juro, Annie, eres imposible.

–¿Yo? ¿Qué he hecho yo?

–Rendirte. Dejar que Tim vuelva a hacerte una faena. Siempre estás solucionando sus problemas, desde pequeño. Cuando tenía siete años y robó en el supermercado de la esquina, fuiste tú quien tuvo que pagar ese dinero. Cuando estaba en el instituto y hacía novillos, tú convenciste al director para que no lo expulsara. Tim tiene que enfrentarse con las consecuencias de sus actos de una vez.

–Pero no quiero que vaya a la cárcel. ¿De qué serviría eso?

–A lo mejor así aprende la lección.

–Necesita ayuda –insistió Annie–. Y es mi hermano.

–Más razón para que quieras que crezca y se haga adulto de una vez.

–Pero hice una promesa –suspiró ella.

Cuando su madre estaba enferma la había hecho prometer que cuidaría de Tim, pasara lo que pasara.

Las mellizas volvieron a intercambiar una mirada.

–Ya sabéis cómo es Annie –intervino Kami–. Siempre ve la parte buena de todo el mundo.

–No es tan horrible. Voy a salir con un millonario durante un mes, iré a fiestas elegantes… no es nada más que eso.

Las tres chicas la miraron y Annie notó que se ponía colorada.

–No, nada de sexo. No os lo hubiera contado, pero imagino que tendré que salir muchas noches y, al final, os habríais dado cuenta. Además, necesito vuestra ayuda. Un estilista va a llevarme de compras… tengo que comprar vestidos de cóctel y de noche. No me harán falta después de Navidad, pero puedo quedármelos y he pensado que, a lo mejor, querríais venir y darme vuestra opinión. Como vais a poder ponéroslos después…

Como esperaba, la noticia animó considerablemente a las chicas.

–¿En serio? –exclamó Jenny.

–Sí, claro. El estilista llegará en cualquier momento. ¿Queréis venir con nosotros?

Apenas tuvieron tiempo para decir que sí antes de que sonara el timbre. Jenny y Julie corrieron a abrir.

–¡Dios mío! –exclamó el hombre que esperaba en el porche–. Decidme que Duncan no está saliendo con dos mellizas. Aunque sois guapísimas. ¿Nunca habéis pensado trabajar como modelos?

Las mellizas rieron, encantadas.

Cuando Annie llegó al salón, un hombre alto y rubio estaba mirando a sus primas de arriba abajo.

–Me encanta el pelo –estaba diciendo, mientras tocaba las puntas de Julie–. Pero tendrías que cortártelo a capas para darle más volumen. Y prueba con una sombra de ojos oscura, te dará un aspecto más sexy.

–Hola –dijo Annie.

Él levantó las dos cejas.

–Ah, tú pareces la típica profesora de primaria, así que debes ser Annie. ¿Cómo se te ha ocurrido decirle que sí a Duncan? Ese hombre es un canalla. Muy sexy, lo admito –sonrió–. Soy Cameron, por cierto. Y sí, ya sé que es un nombre de chica. Siempre le digo a mi madre que ésa es la razón por la que soy gay –Cameron miró a Kami, que acababa de entrar en el salón–. No sé quién eres, cariño, pero eres una auténtica preciosidad. Qué exótica.

Kami rió, encantada.

–Venga ya.

–Lo digo en serio.

Annie presentó a las chicas mientras Cameron se sentaba en el sofá y sacaba unas carpetas del maletín.

–Siéntate aquí, guapa –le dijo, tocando el asiento–. Tenemos que revisar los horarios. Duncan tiene que acudir a quince eventos de aquí a Navidad y tú tendrás que acompañarlo en todos. Tienes la información necesaria, ¿verdad?

Ella asintió, aunque sólo había leído la biografía básica.

–Impresionante. Se pagó la carrera con una beca de boxeo.

Cameron sonrió.

–¿Y eso te sorprende?

–La verdad es que sí. No es muy normal pagarse la carrera con una beca de boxeo.

–Su tío es Lawrence Patrick, el boxeador.

–Yo he oído hablar de él –dijo Julie–. Ahora es mayor, pero fue muy famoso.

Annie también había oído hablar de él.

–Una familia muy interesante.

–Duncan fue educado por su tío. Es una historia fascinante, pero ya te la contará él mismo. Vais a pasar mucho tiempo juntos.

No era algo que Annie quisiera recordar precisamente, pensó mientras tomaba una carpeta con un cuestionario. Duncan quería que lo rellenase para fingir que lo sabía todo sobre ella...

¿Cómo se le había ocurrido decir que sí? Aquello era una locura.

Pero antes de que pudiera pensar en echarse atrás, Cameron las había llevado a las cuatro hasta la limusina. Y cinco horas después, Annie estaba agotada. Se había probado docenas de vestidos, blusas, pantalones, faldas, chaquetas y zapatos. Había fruncido el ceño ante bolsitos diminutos de todas las formas posibles y soportado que una señora muy seria le tomase las medidas para el sujetador.

Ahora estaba en la peluquería, con el pelo envuelto en papel de plata, esperando que se le secasen las uñas.

Cuando por fin terminaron con las compras había sido un alivio llegar al salón de belleza porque al menos allí podía sentarse.

Cameron apareció con un vaso de agua mineral y un plato de fruta y queso.

–¿Cansada? –le preguntó.

–Más que cansada. No había comprado tantas cosas en toda mi vida.

–La gente subestima la energía que hace falta para

ir de compras –sonrió él, sentándose a su lado–. Hacerlo bien requiere mucho esfuerzo.

–Aparentemente.

Aunque a ella le había parecido que todos los vestidos le quedaban bien, Cameron había insistido en que las costureras los metieran de aquí y allá para que quedasen «perfectos».

Y también le dio un papel con la lista de los vestidos y trajes, seguida de la de los zapatos y bolsos que combinaban con cada uno. Annie soltó una carcajada.

–Debes pensar que soy tonta. Aunque la verdad es que no sé si podría recordar todo esto.

–Estar estupenda no es fácil. Por eso los estilistas ganamos tanto dinero.

–¿Eres famoso?

Cameron sonrió modestamente.

–En mi mundo, sí. Tengo algunos clientes muy conocidos y varios empresarios como Duncan, que quieren que mantenga sus vestidores a la moda sin ser demasiado llamativos. Aunque a Duncan le da igual la ropa, es un hombre muy normal.

–¿Cómo os conocisteis?

–Éramos compañeros de facultad. Dormíamos en la misma habitación.

Si Annie hubiera estado bebiendo agua en ese momento se habría atragantado.

–¿En serio?

–Sí, lo sé, resulta un poco raro. Pero por lo menos nunca queríamos ligar con la misma persona –rió Cameron–. Entonces yo estudiaba Historia del Arte, pero un año después me di cuenta de que lo mío era la moda, así que me marché a Nueva York e intenté ganarme la vida como diseñador –añadió, con un suspiro–. Pero no tengo paciencia para crear y hay que coser tanto… no, definitivamente no es lo mío. Empecé a trabajar como comprador personal en unos grandes almacenes y poco después me dedicaba sólo a los clientes más exclusivos. El resto, como suele decirse, es historia.

Annie intentó imaginar a Duncan y Cameron compartiendo habitación en la universidad, pero le resultaba imposible.

–Ya veo.

–¿Y tú? ¿Cómo has acabado saliendo con el lobo feroz?

–¿Es así como lo llamas?

–No a la cara, me daría una paliza –respondió Cameron.

Pero lo decía sonriendo y en sus ojos veía un brillo de afecto, de modo que le contó el problema de su hermano.

–No podía dejar que Tim fuese a la cárcel cuando tenía una posibilidad de salvarlo.

–Cariño, eres demasiado buena. Ten cuidado con Duncan, de verdad es un ogro.

–No te preocupes por mí, no estoy interesada en él.

–Eso lo dices ahora, pero Duncan es muy carismático –insistió Cameron–. Deja que te dé un consejo: no te dejes engañar por ese amable exterior. Duncan es un luchador, tú no. Si hay una batalla, ganará él.

–Aunque me enamorase daría igual. En serio, no es mi tipo.

–Tú no eres Valentina.

–¿Quién?

–Valentina, su ex mujer. Era guapísima, pero mala como una serpiente. Y fría como un témpano. ¿Te acuerdas de esa frase de *Pretty Woman*? Lo de ser capaz de hacer cubitos de hielo en el trasero de alguien. Pues ésa era Valentina.

Le sorprendió saber que Duncan había estado casado, aunque seguramente no debería sorprenderla porque era un hombre muy atractivo, en la treintena y multimillonario... era normal que hubiese encontrado a alguien con quien compartir su vida.

—¿Desde cuándo está divorciado?

—Desde hace un par de años. Y a mí Valentina me daba pánico —Cameron fingió un escalofrío—. Bueno, pero olvidémonos de Duncan. ¿Y tú qué? ¿Por qué una chica tan estupenda como tú no está casada?

Annie tomó una fresa del plato. Buena pregunta, pensó.

—He tenido dos relaciones serias. Las dos veces me dejaron y los dos dijeron que me veían más como una amiga que como el amor de su vida.

Lo había dicho con una sonrisa, como si no importara, como si no le hubiera dolido. Aunque no los echaba de menos, ya no. Pero empezaba a preguntarse si había algo raro en ella, si le faltaría algo.

Las dos relaciones habían durado un total de cuatro años y medio y ella había estado enamorada... o eso quiso creer. Desde luego, había sido capaz de imaginar un futuro, una familia. Sólo se había acostado con esos dos hombres y para ella el sexo estaba bien. Tal vez no era tan mágico como lo que contaban sus amigas o lo que leía en las novelas, pero estaba bien.

Sin embargo, no había sido suficiente porque los dos la habían dejado. Y que los dos hubieran dicho prácticamente lo mismo había hecho que empezase a dudar de sí misma.

–Yo no quiero ser «la mejor amiga» –murmuró.

Cameron le dio una palmadita en la mano.

–Dímelo a mí, cariño.

Annie estaba muy agradecida de que Hector, el genio de la peluquería, la hubiese peinado para esa noche. Le había secado el pelo, normalmente rizado, con un secador de mano, convirtiéndolo en una cascada de ondas que llegaban por debajo de los hombros. Y el ayudante de Hector la había maquillado, de modo que lo único que tenía que hacer era ponerse el vestido y elegir los zapatos adecuados.

Cameron había sugerido un vestido de cóctel, pero Annie lo miraba preguntándose si tendría valor para ponérselo.

El vestido era muy sencillo, sin mangas y con cuello redondo. Ajustado, aunque no estrecho, pero muy por encima de la rodilla. Era esto último lo que la tenía nerviosa mientras se miraba al espejo. Enseñaba demasiada pierna.

Y decirse a sí misma que la mayoría de las chicas de su edad llevaban vestidos mucho más cortos no ayudaba nada. Ella estaba acostumbrada a las faldas por debajo de la rodilla...

Desgraciadamente, las chicas no estaban en casa, de modo que no podía pedirles opinión. Se habían ido al cine, dejándola sola. Claro que podría ponerse otro vestido, pero no sabía qué iría bien para la ocasión.

Antes de que pudiera decidirse sonó el timbre y Annie miró el reloj de la mesilla. Duncan llegaba con diez minutos de adelanto, de modo que ya no había tiempo de cambiarse.

A toda prisa, se puso los zapatos de tacón e, intentando mantener el equilibrio, fue a abrir la puerta.

Pero el hombre que estaba en el porche no era Duncan y no parecía contento.

–¿Se puede saber qué has hecho? –le espetó Tim, entrando en la casa–. Maldita sea, Annie, no tienes ningún derecho a obligarme a ingresar en una clínica de rehabilitación.

–Ah, veo que por fin te has decidido a hablar conmigo. Llevo tres días dejándote mensajes en el contestador.

Desde que Duncan y ella habían llegado a «un acuerdo».

Tim la miró, sus ojos azules brillantes de furia.

–No tenías ningún derecho…

–¿No tengo derecho a ayudarte? Tú te has metido en este aprieto, Tim. Le has robado dinero a tu jefe. ¿Cómo has podido hacer algo así?

Él bajó la mirada.

–Tú no lo entenderías.

–No, desde luego que no lo entendería. Lo que entiendo es que tienes un serio problema. Es esto o la cárcel, Tim.

–Gracias a ti.

Annie se puso en jarras, furiosa.

–Yo no soy quien va a Las Vegas a jugarse un dinero que no es suyo. Y no soy yo quien le dijo a Duncan Patrick que esta casa era tuya. Has robado y has mentido, Tim. Lo has arriesgado todo como un irresponsable...

–Tú eres mi hermana. Se supone que debes ayudarme, no meterme en una institución. ¿Qué diría mamá?

Un golpe bajo, pensó ella, más resignada que furiosa.

–Mamá estaría muy decepcionada contigo. Te diría que es hora de crecer y aceptar tus responsabilidades de una vez.

Tim no parecía afectado en absoluto.

–No tiene por qué ser así. Podrías hipotecar la casa… de todas formas, la mitad es mía.

–La mitad era tuya –le recordó Annie–. Yo compré tu parte, ¿o es que no te acuerdas? Mira, estoy cansada de discutir contigo. Siempre he cuidado de ti y tú nunca me lo has agradecido ni has intentando cambiar.

–Tienes que hipotecar la casa –insistió él, dando un paso adelante–. Tienes que hacerlo quieras o no. ¿Me oyes?

Annie lo miró, sorprendida. Pero antes de que pudiese decir nada, Duncan entró en el salón.

–¡McCoy!

Tim se volvió para mirar a su jefe.

–¿Qué hace aquí? –exclamó, perplejo.

–Tengo una cita con tu hermana.

–¿Vas a salir con él, Annie?

Ella asintió con la cabeza y Tim sonrió, con expresión amarga.

–Ah, claro, ahora lo entiendo todo. A mí me encierras en una clínica mientras tú lo pasas bien. Qué bonito. Y luego dices que lo haces por mí...

Esa acusación le dolió como una bofetada.

–No sabes lo que estás diciendo. Estoy intentando salvar a mi familia, algo que a ti te importa un bledo.

Duncan tomó a Tim del brazo.

–Tu hermana tiene razón. Debes ingresar en la clínica mañana a las nueve o la policía irá a buscarte.

Él miró de uno a otro, colérico.

–Os habéis puesto de acuerdo. ¿Me has vendido a este canalla? Maldita sea, Annie…

–Ya está bien, McCoy. Es hora de que te marches. Y recuerda, te esperan mañana a las nueve en la clínica.

–¿Para qué esperar? –replicó Tim, soltándose de un tirón–. Ingresaré ahora mismo.

–Seguramente será lo mejor.

–¿Es que no te importo nada, Annie?

Ella se negó a contestar. Su hermano intentaba manipularla como había hecho tantas veces y, hasta aquel día, había sido incapaz de ponerse firme. Pero tal vez había llegado el momento de hacerlo.

–Buena suerte, Tim. Espero que puedan ayudarte en la clínica.

Su hermano la fulminó con la mirada.

–Da igual. En cualquier caso, no te perdonaré nunca.

Capítulo Tres

Annie iba sentada a su lado, en silencio, pero a Duncan le llegaba su perfume. Y de vez en cuando la oía suspirar.

–¿Estás enfadada conmigo o con Tim?

–¿Qué? –murmuró ella, distraída–. Con ninguno de los dos. Le agradezco mucho su ayuda, señor Patrick. Y Tim también se lo agradecerá algún día, estoy segura.

Él no estaba de acuerdo, pero se había equivocado antes. Tal vez la clínica de rehabilitación era lo que Tim McCoy necesitaba. Y si no, tarde o temprano acabaría en la cárcel.

–Le he estado llamando toda la semana –admitió Annie–. Intentando explicárselo, pero no lo había visto hasta hoy. Y está tan enfadado…

–Tú sabes que te ataca porque es lo más seguro, ¿no? No es capaz de admitir que tiene un problema, así que culpa a todo el mundo menos a sí mismo.

–Lo sé, pero no es fácil escuchar ciertas cosas.

Tim era muy afortunado por tener una hermana como ella, pensó Duncan. Aunque tampoco lo reconocería.

–Intenta animarte.

–Sí, claro no se preocupe, haré mi trabajo como habíamos quedado –Annie se mordió los labios–. De todas formas, a mí estas cosas no se me dan bien.

Mal momento para reconocer eso, pensó Duncan, divertido por su sinceridad.

–¿Ir a fiestas? No hay mucho que hacer, estar guapa y mirarme con gesto embelesado. Tú has estado en la universidad, no creo que esto te resulte difícil.

–Es algo más. ¿O es que no se espera que hable con nadie?

–Tampoco creo que tengas ningún problema para hablar con nadie.

–Sí, bueno, usted da menos miedo que un salón lleno de gente, señor Patrick.

–Por cierto, deberías empezar a llamarme Duncan y no señor Patrick.

Annie suspiró de nuevo y el sonido le gustó. Era sexy. La clase de suspiro que una mujer podría dejar escapar mientras…

Duncan interrumpió tales pensamientos. Annie McCoy era muchas cosas, ¿pero sexy?

Entonces miró sus muslos bajo la falda corta. En fin, el adjetivo se le podía aplicar perfectamente, pero eso no era lo importante. La había contratado para hacer un papel, nada más. Además, no era su tipo.

–Duncan –repitió ella.

Él giró la cabeza y sus ojos se encontraron. Los de ella azules, grandes, rodeados de largas pestañas. Llevaba el pelo diferente, pensó, recordando sus rizos. Aquella noche caía en suaves ondas por debajo de los hombros. Muy elegante. Aunque él prefería los rizos. El vestido era apropiado y destacaba sus curvas… por no hablar de los muslos.

–Estás muy guapa.

Annie tiró del bajo del vestido.

–Fue idea de Cameron. Es estupendo, por cierto.

Muy divertido y lo sabe todo sobre moda. Hizo una lista para que supiera con qué zapatos iba cada vestido.

–Cameron sabe mucho de estas cosas.

–Me dijo que habíais sido compañeros en la universidad.

Duncan rió.

–Eso fue hace mucho tiempo. Admito que fue el primer homosexual que había conocido y que al principio no me hizo mucha gracia tenerlo como compañero de habitación.

–¿Demasiado macho para entenderlo? –preguntó Annie.

–En parte, supongo. Pensaba que me atacaría cuando estuviera dormido, lo cual fue una estupidez por mi parte. Tardamos algún tiempo, pero nos hicimos amigos. Luego, cuando regresó a Los Ángeles para abrir su negocio, volvió a ponerse en contacto conmigo y me convirtió en su cliente.

–Es un chico muy amable. Mis primas y Kami también lo pasaron estupendamente yendo de compras.

–¿Fueron contigo?

–Sí, claro. Dijiste que podría quedarme con la ropa, pero no creo que yo vaya a ponerme estos vestidos nunca más. No es algo que pueda usar para ir al colegio –sonrió Annie–. Así que fueron conmigo para dar su opinión. Como todas tenemos más o menos la misma talla…

–¿Vas a regalarles la ropa?

–Si no te importa, sí. Dijiste que no tenía que devolverla.

–No, yo no la quiero. Es tuya.

–Gracias.

Duncan se quedó pensativo. No imaginaba a ninguna otra mujer regalando un vestuario tan caro. Era lógico que no quisiera ponerse esos vestidos para ir a trabajar… ¿pero no salía con nadie? ¿No quería quedarse con la ropa por si acaso la necesitaba en alguna ocasión? Eso no tenía sentido para él y quería entenderla porque para ganar había que entender al contrario y explotar sus debilidades. Había comprado el tiempo de Annie, pero no confiaba en ella. Claro que era normal porque él no confiaba en nadie. Nunca.

Annie pasó las manos por la lujosa piel del asiento. El coche, un deportivo alemán, olía a nuevo. El motor era silencioso, el salpicadero lleno de botones y mandos. Daba la impresión de que para poner la radio habría que tener un título en ingeniería.

–Es un coche precioso.

–Gracias.

–La radio de mi coche hace un ruido rarísimo. El mecánico dice que no le pasa nada, pero suena fatal.

–¿No la puedes arreglar?

Annie lo miró por el rabillo del ojo.

–Podría y lo haré en algún momento, cuando me toque la lotería. Pero antes necesito cambiar las ruedas. Con los coches viejos siempre pasa algo, ¿verdad? Pero no importa, tenemos un trato: él arranca todas las mañanas y yo no me compro otro.

Duncan sonrió.

–¿Hablas con tu coche?

–Sí, claro. Aunque seguramente tú no lo harías.

–Tu coche y yo no nos conocemos.

–Puedo presentaros, si quieres –rió Annie.

–No, gracias –dijo él, girando a la izquierda después de un semáforo.

–He estado pensando… voy a conocer a mucha gente y me preguntarán cuándo nos conocimos.

–Hace tres meses.

–Ah, muy bien. ¿Qué tal si decimos que fue un fin de semana? Tú ibas a la playa, me viste parada a un lado de la carretera porque había pinchado y te detuviste para ayudarme.

–Nadie se creería eso.

–¿No pararías para ayudar a alguien?

–No lo creo.

–Pues deberías hacerlo. Es buen karma.

–A lo mejor no creo en el karma.

–No tienes que creer, seguirá pasando de todas formas. Yo creo que el universo lleva la cuenta de las cosas que hacemos.

–Si eso fuera cierto yo no sería millonario.

–¿Por qué no?

–¿No has leído nada sobre mí? Soy un canalla sin corazón. Te he contratado para demostrar lo contrario.

–Si fueras un canalla sin corazón habrías hecho que detuvieran a Tim en cuanto descubriste el desfalco. Pero no lo has hecho.

–Sólo porque el resultado hubiera sido más prensa negativa –Duncan giró la cabeza para mirarla–. Ten cuidado, Annie. No cometas el error de creer que soy mejor de lo que soy.

Tal vez tenía razón. ¿Pero esa advertencia no demostraba que ella estaba en lo cierto?

***

El salón del hotel era enorme, lujoso y muy bien iluminado, con una orquesta tocando al fondo. Annie sujetaba su refresco intentando por todos los medios no parecer asustada. Los invitados, todos elegantemente vestidos, charlaban y se movían de un lado a otro con confianza...

El mundo de Duncan era un sitio interesante, tan diferente al suyo como era posible. Pero estaba allí para hacer su trabajo, de modo que permaneció a su lado, sonriendo y estrechando la mano de personas cuyos nombres sería incapaz de recordar más tarde.

–¿Cuánto tiempo llevas saliendo con Duncan? –le preguntó una mujer.

–Tres meses –contestó ella.

–Eso es una eternidad para Duncan. Debes ser muy especial.

–Él es especial –dijo Annie.

–Y no eres su tipo, además.

Duncan debió oír eso porque le pasó un brazo por los hombros.

–Mi tipo es otro ahora.

–Eso veo.

Cuando la mujer se apartó, Duncan la llevó hacia otro grupo de invitados, entre los cuales había un hombre que trabajaba para una revista económica.

–¿Te importa que te haga un par de preguntas?

–No, claro que no –contestó ella–. Mientras no te importe a ti que me ponga nerviosa.

–¿No te gusta la prensa?

–La verdad es que no estoy muy acostumbrada.

–No puedes salir con alguien como Duncan Patrick y pasar desapercibida.

–Eso me han dicho.

El hombre, bajito y pálido, le preguntó:

–¿Cómo os conocisteis?

Annie le contó la historia de la carretera, pero él no parecía muy convencido.

–Me han dicho que eres profesora.

–Sí, de primaria. Me encanta trabajar con niños pequeños porque les emociona la idea de ir al colegio y mi trabajo consiste en animarlos, en prepararlos para que aprendan a estudiar. Si podemos enseñar a los más pequeños que aprender es divertido, podremos asegurarnos de que terminan sus estudios.

El periodista parpadeó, sorprendido.

–Muy bien. ¿Y por qué Duncan Patrick?

Annie sonrió.

–Porque es una persona estupenda. Aunque lo primero que llamó mi atención fue su risa. Tiene una risa preciosa.

El periodista parpadeó de nuevo.

–Yo nunca lo he oído reír.

–Será porque no le ha contado nada gracioso.

Duncan se acercó a ellos entonces.

–Charles –lo saludó, estrechando su mano–. Me alegro de verte.

–Lo mismo digo.

–Vamos a bailar, Annie –sonrió Duncan entonces, tomando su vaso para dejarlo sobre una mesa–. Hasta luego, Charles.

Ella miró hacia atrás mientras se alejaban del periodista.

–Yo no estoy acostumbrada a bailar.

–No es difícil, yo te llevaré.

–¿Crees que podríamos convencer a todo el mundo para jugar al corro de la patata? Porque eso se me da de maravilla.

Duncan soltó una carcajada y Annie se alegró de no haberle mentido al periodista: tenía una risa estupenda.

–Lo harás bien, no te preocupes.

–Muy bien, pero te pido disculpas de antemano por pisarte.

A pesar de que era más alto que ella, Duncan se movía con seguridad y resultaba fácil seguirlo mientras la guiaba, con una mano en la cintura. Después de unos pasos, Annie consiguió relajarse un poco.

Olía bien, pensó. Un olor limpio y masculino. La tela del traje era muy suave y, cuando puso la mano sobre su hombro, su calor la envolvió. Su calor y algo más, el susurro de un cosquilleo en el bajo vientre.

Annie seguía moviéndose por fuera, pero por dentro se había quedado inmóvil. ¿Un cosquilleo? No debería haber ningún cosquilleo. Aquello era un trabajo y no debería sentir nada por Duncan Patrick. No debería gustarle o sentirse atraída por él.

Tal vez era porque llevaba mucho tiempo sin salir con nadie, se dijo a sí misma. Era como si tuviese mucha hambre, cualquier tipo de comida bastaría porque le sonaban las tripas.

Duncan era un hombre muy guapo y era lógico que le gustase, pero era lo bastante lista como para tener cuidado.

Aquello era una especie de cuento de hadas. Ella era Cenicienta y el baile terminaría a las doce. O, en su caso, en Navidad. Pero ella no dejaría atrás un zapato de cristal y el príncipe azul no iría a buscarla para probárselo.

Annie aguantó mejor de lo que había esperado, pensaba Duncan dos horas después. Había contado la historia de que él se detuvo en la carretera para ayudarla unas doce veces y lo hacía de manera tan entusiasta y sincera que incluso él empezaba a creerlo. Y todo el mundo parecía igualmente encantado con ella. Aunque un poco desconcertados. Había visto a varias personas intercambiando miradas de extrañeza, como si se preguntaran qué hacía él con una chica tan encantadora.

Incluso a Charles Patterson, un conocido periodista experto en economía, le había caído bien Annie. Estupendo; lo único que necesitaba era un par de artículos favorables para equilibrar la prensa negativa.

Tomando las copas de la barra, volvió con Annie y le dio su refresco de lima. Por el momento no había tomado ni gota de alcohol.

–Le estaba diciendo a Charles que su información está equivocada. No vas a cerrar esa compañía, ¿verdad? Es prácticamente Navidad, tú no dejarías a toda esa gente sin trabajo cuando están a punto de empezar las fiestas. Pero, además, es la estación donde más se necesitan trabajadores.

Tenía razón a medias, pensó él. Era una época del año en la que había mucho trabajo, pero tenía intención de cerrar la empresa porque las rutas que servía no estaban dando beneficios.

Annie lo miraba, esperando una respuesta. Duncan tenía la impresión de que no estaba interpretando, que de verdad creía que no querría dejar a la gente sin trabajo en Navidad. Charles, en cambio, parecía satisfecho… sin duda pensando lo peor, algo que siempre le había funcionado en el pasado.

Y Duncan maldijo en silencio, recordándose a sí mismo que su reputación era más importante que todo lo demás.

–Annie tiene razón, las instalaciones seguirán abiertas hasta primeros de año.

Charles enarcó una ceja, sorprendido.

–¿Puedo publicarlo entonces?

Él asintió con la cabeza.

–Ah, qué interesante –dijo el periodista antes de alejarse.

–¿Por qué pensaría eso de ti? –le preguntó Annie cuando se quedaron solos–. Nadie sería tan malvado. Estamos casi en Navidad –añadió, tomando un sorbo de refresco–. Es mi época favorita del año, por cierto. En mi familia creemos que en las navidades, más es menos. Siempre compramos un árbol enorme que luego no podemos llevar a casa… el año pasado tuvimos que cortar las ramas de arriba porque no cabía por la puerta. Es que no parecen tan grandes en el almacén.

–Ya, claro –sonrió Duncan.

–Y luego lo adornamos, hacemos galletas especiales… a mí me encantan los villancicos. Jenny y Julie empiezan a quejarse después de un par de días, pero yo sigo poniéndolos. Y, por supuesto, también vemos películas navideñas… ¿en tu familia seguís las tradiciones?

–No, no tenemos ninguna.

Annie lo miró, sorprendida.

–¿Por qué no?

–Porque es un día como otro cualquiera.

–Pero es Navidad, no es un día cualquiera. En esa época del año las familias se reúnen, piden deseos, se hacen regalos.

–Eres demasiado ingenua. Deberías ver la realidad.

–Y tú deberías pasar algún tiempo escuchando villancicos. ¿No decoras tu casa?

Duncan pensó en su lujoso dúplex y en la cara que pondría su ama de llaves si apareciese con un árbol de Navidad.

–Normalmente viajo en esa época del año. Me voy a esquiar o a alguna playa.

–¿Y tu familia?

–Sólo tengo a mi tío y él lo pasa estupendamente sin mí.

Annie parecía desconcertada, como si estuviera hablando en un idioma extranjero.

–¿Vas a decirme que no os hacéis regalos?

–No, no nos hacemos regalos.

–Pero las tradiciones son importantes. Y estar junto a tus seres queridos…

–¿Has sido una romántica empedernida toda tu vida?

–Aparentemente, sí. ¿Y tú siempre has sido tan cínico?

–Desde hace décadas.

Annie lo sorprendió riendo.

–Al menos lo admites. Dicen que ése es el primer paso para curar.

–A mí no me pasa nada.

–¿Quieres que hagamos una encuesta? Vamos a preguntar cuánta gente celebra las navidades de la manera tradicional y cuántos no y veremos quién de los dos tiene razón.

–Yo no necesito la opinión de nadie para saber que tengo razón.

–Tú no tienes que ir al gimnasio, ¿verdad? –sonrió Annie entonces–. Cargar con un ego tan pesado debe ser un ejercicio estupendo.

–Me mantiene en forma.

Ella rió de nuevo y el sonido lo hizo sonreír. Era más guapa de lo que había pensado al principio. Aunque también muy apasionada cuando olvidaba ser tímida y leal hasta el punto de ser tonta, como en el caso de su hermano. Pero en fin, todo el mundo tenía defectos. En el e-mail que le había enviado por la mañana le daba los datos sobre su vida, pero eso no le decía quién era Annie McCoy en realidad. En el sentido práctico, era la persona que necesitaba: una buena chica. Pero también era atractiva en muchos sentidos.

Sin pensar, Duncan se inclinó un poco hacia delante y rozó sus labios. Ella se puso tensa durante un segundo, pero después se relajó. Su boca era suave, dócil…

Percatándose de que había gente alrededor se echó hacia atrás, pero al hacerlo vio un brillo de sorpresa en sus ojos.

–No habíamos quedado en besarnos –dijo Annie con voz ronca–. Creo que hará falta una cláusula especial para eso.

–¿La cláusula de los besos?

Ella asintió con la cabeza.

–Habrá que poner límites.

Duncan rió.

–Oye, que no soy uno de tus alumnos.

–Pero eso no significa que no pueda mandarte al pasillo.

Capítulo Cuatro

Duncan llegó a tiempo al almuerzo semanal con su tío. Una tradición, pensó, mientras entraba en el restaurante. Annie se sentiría orgullosa de él.

Lawrence ya estaba allí, en la mesa de siempre, con un whisky en la mano.

–No te he pedido uno –le dijo, mientras estrechaba su mano–. No sé qué bebes en horas de trabajo.

Duncan no se molestó en mirar la carta porque tomaba lo mismo cada semana y los camareros lo sabían.

–Buen trabajo –dijo Lawrence, señalando la carpeta que había sobre la mesa–. El artículo es muy positivo. Pero has dicho que no cerrarías las instalaciones de Indiana hasta después de las navidades y ahora no puedes cambiar de opinión.

–No lo haré.

–Esa chica parece interesante. ¿Cómo se llama?

–Annie McCoy.

–¿De verdad es profesora de primaria?

–Sí –suspiró Duncan–. Es exactamente lo que tú me pediste que buscase: buena chica, guapa, preocupada por su familia, inteligente.

–El periodista parece haberse quedado enamorado –Lawrence volvió a tomar su vaso de whisky–. ¿Cuánto tiempo vas a salir con ella?

–Hasta Navidad.

–¿Y es sólo una relación… profesional?

Duncan pensó en el beso e hizo todo lo posible para convencerse a sí mismo de que sólo lo había hecho para que lo vieran los demás.

–No estamos saliendo, si eso es lo que quieres saber. La he contratado para hacer un trabajo, nada más.

–Me gustaría conocerla.

–Eres demasiado viejo para ella.

Su tío sonrió.

–Bueno, dejemos que eso lo decida Annie McCoy.

Pidieron el almuerzo y charlaron de trabajo mientras comían, como era su costumbre. De camino a su coche, el móvil de Duncan empezó a sonar, pero cuando miró la pantalla no reconoció el número.

–¿Sí?

–Hola, soy Annie.

–¿Algún problema? –le preguntó él. Tenían que acudir a una cena al día siguiente…

–No, pero es que vamos a comprar un árbol de Navidad esta tarde y he pensado que a lo mejor querrías venir con nosotras.

Duncan miró el teléfono durante un segundo antes de volver a ponerlo en su oreja.

–¿Por qué?

–Porque es divertido y porque necesitas un poco de Navidad en tu vida. Pero si no quieres, no importa.

No quería. Y sin embargo, se encontró preguntando:

–¿A qué hora?

–A las cuatro, en mi casa. Supongo que no tendrás una camioneta que me puedas prestar. El árbol nunca cabe en mi coche.

–Tengo una flota de camiones, Annie. Me dedico a eso.

–Ah, es verdad. ¿Podrías prestarme uno? No tiene que ser muy grande.

Duncan se cambió el teléfono de oreja.

–Ah, entonces eso es lo que querías, que te prestase una camioneta. Yo no te intereso nada.

–No, bueno, debo reconocer que la camioneta es parte del interés, pero me gustaría que vinieras aunque no me la prestases.

–No sé si creerte.

–Yo no miento nunca.

–Bueno, está bien, nos vemos a las cuatro.

Duncan guardó el móvil en el bolsillo de la chaqueta, sacudiendo la cabeza.

Las mujeres le habían mentido muchas veces. Mentían para conseguir lo que querían. Incluso juraría que a veces mentían por costumbre. Valentina había sido la más mentirosa de todas. Le había dicho que lo quería y después lo había abandonado.

Annie entró en su dormitorio para cambiarse de ropa. Normalmente se ponía unos vaqueros cuando volvía del colegio, pero aquel día no iba a quedarse en casa, iba a ver a Duncan. Y, aunque se decía a sí misma que no tenía tanta importancia, aún no estaba del todo convencida.

En realidad, Duncan Patrick la desconcertaba. La había contratado como acompañante para mejorar su reputación y eso no era algo que ocurriera todos los días.

Después de entrar en Internet para leer cosas sobre él había comprobado que de verdad estaba considerado uno de los empresarios más odiados del país. Pero también le había dado a Tim una segunda oportunidad… y la había besado.

El beso había sido absolutamente inesperado, pero no quería pensar en ello. Seguramente lo había hecho para que la gente lo viese, no significaba nada. Bueno, nada para él. Para ella había significado… otro cosquilleo.

No como cuando bailaban juntos. Ese cosquilleo había sido como de alegría, de sentirse a salvo. Pero cuando la besó fue como si la recorriese de arriba abajo, haciéndola sentir un calor inesperado en la entrepierna. Y ese cosquilleo había hecho que se preguntara cómo sería Duncan en la cama.

«Déjate de tonterías», pensó mientras se ponía los vaqueros.

Claro que todos los artículos que había leído decían que era un hombre que cuidaba los detalles. Y ésa era una excelente cualidad en la cama.

Annie suspiró, resignada.

Normalmente, ella no soñaba con hacer el amor con un hombre después de una sola cita. Especialmente una cita que, en realidad, no lo había sido. Pero algo había ocurrido cuando rozó sus labios. Algo maravilloso.

Annie sacó del armario un jersey rojo con un dibujo de patos, pero antes de ponérselo se preguntó si debería elegir algo menos ancho y que le quedase mejor. Algo que hiciera que Duncan la viese como…

¿Qué, como una mujer? Ya la veía como una mujer. ¿Como una novia? No, imposible. Sólo estaban fingiendo y no debía olvidarlo. Además, dos hombres le habían roto el corazón. ¿Quería hacer marca personal aumentando a tres el número?

Decidida, se puso el jersey. No, eso no iba a pasar. La cuestión era recordarlo.

–No vamos a adornar el árbol todavía –dijo Annie, sentándose al lado de Duncan en la camioneta–. Las chicas tienen cosas que hacer. Además, se supone que hay que dejar el árbol en el garaje un par de días antes de meterlo en la casa.

–¿Por qué? No es un cachorro. No tiene que acostumbrase a ir al baño.

Annie soltó una carcajada.

–Creo que es por las ramas, tienen que recolocarse o algo así. He dejado un balde de agua en el garaje, lo pondremos allí en cuanto volvamos.

Duncan había llegado a las cuatro en punto y llevaba un traje de chaqueta, de modo que había ido directamente desde la oficina.

–¿Estabas haciendo algo importante?

–Nada que no pueda esperar –sonrió él–. Mi ayudante se quedó sorprendida cuando dije que me iba.

–Imagina lo que pensaría si supiera dónde ibas.

Duncan rió y Annie estudió su perfil mientras lo hacía. Le gustaba que tuviera unos rasgos fuertes; la mandíbula cuadrada, la forma de su boca. ¿Volvería a besarla?, se preguntó. Si la besara a solas sabría que a él le había gustado tanto como le gustó a ella.

Pero era una locura. No podía pensar en Duncan como un hombre con el que mantener una relación, era absurdo.

Lo malo era que ella quería un marido y una fa-

51

milia, pero lo único que tenía era un corazón roto y el miedo a que ningún hombre quisiera ser algo más que su amigo.

Duncan detuvo la camioneta en el almacén, donde Jenny, Julie y Kami ya estaban esperando.

–Prepárate –le advirtió Annie–. Estás a punto de encontrarte con la horma de tu zapato.

–No te preocupes, sé que puedo con ellas.

–Eso es lo que creen todos los hombres… antes de conocerlas. Pero ya estás advertido.

Annie vio a Duncan bajar de la camioneta y presentarse con una sonrisa.

–Ese artículo sobre ti en la revista *Time* en marzo era interesante –le estaba diciendo Julie, tan directa como siempre, cuando llegó a su lado–. La prensa te odia, ¿verdad?

–Son gajes de oficio –contestó él.

–Pero hay muchos empresarios en el mundo y no todos son tan odiados –señaló Jenny–. Aunque es verdad que la cobertura de la compra del camping de caravanas no fue justa. Le ofreciste a los residentes un trato digno.

–La cuestión es –intervino Julie– que si alguien piensa que no eres tan malo, seguramente son ellos. Pero la prensa sigue diciendo que eres un ogro.

–Soy un incomprendido –sonrió Duncan.

–Ya, claro.

–¿Esto qué es, la Inquisición? –bromeó Annie, intentando aliviar la tirantez del encuentro.

–Creo que tus primas tienen futuro como fiscales.

–Yo no estudio Derecho, sólo intento cuidar de Annie. Todas lo hacemos, te lo advierto –dijo Jenny.

Duncan tuvo que hacer un esfuerzo para ponerse

serio. ¿De verdad aquellas dos universitarias estaban amenazándolo? No tenían ni dinero ni recursos. Y si se trataba de una guerra de voluntades, las dejaría mordiendo el polvo.

Pero no dijo nada de eso, claro.

–No necesito que me defendáis –suspiró Annie, incómoda–. Duncan, lo siento. No sabía que las mellizas se iban a abalanzar sobre ti.

–No se han abalanzado, no te preocupes –Duncan se volvió hacia las chicas–. Annie y yo hemos llegado a un acuerdo, no tenéis nada que temer.

–Tienes que prometerlo –dijo una de ellas.

–Os doy mi palabra.

Aunque Annie y él tuvieran un acuerdo no había ningún riesgo porque él nunca se quedaba el tiempo suficiente con una mujer como para hacerle daño. La vida era más fácil de esa manera.

Cuando entraron en el almacén, las chicas se desperdigaron para buscar árboles, pero ella se quedó a su lado.

–Lo siento si te han ofendido.

–No, no. Las respeto por creer que pueden conmigo.

Annie inclinó a un lado la cabeza, dejando que los rizos cayeran sobre sus hombros.

–No, no es verdad. Crees que son unas ingenuas.

–Eso también.

–Es una cosa de familia. Somos un equipo, como tu tío y tú.

Lawrence y él eran muchas cosas, pero no eran un equipo. Sin embargo, Duncan asintió porque era más fácil que explicárselo.

El aire del almacén olía a resina de pino y había

varios clientes, algunos hablando en voz alta para hacerse oír por encima de los villancicos que sonaban por los altavoces.

Mientras Annie miraba los árboles, él vio a las chicas comprobando el precio de uno en particular. Pero Kami negó con la cabeza y las mellizas suspiraron, disgustadas.

—Los techos de tu casa miden sólo tres metros. Aprende de errores pasados —le dijo a Annie, al ver que miraba un árbol de cuatro o cinco metros.

—Pero es precioso —dijo ella, comprobando la etiqueta del precio—. Y carísimo.

—¿Cuánto querías gastarte?

—Menos de cuarenta dólares. Cuanto menos, mejor, la verdad. Hay almacenes más baratos, pero aquí traen los árboles ellos mismos. Además, para nosotros es una tradición venir aquí.

—Te gustan mucho las tradiciones, ¿verdad?

—Sí, me gustan. Es algo que hacemos todos los años.

Duncan se sentía como Scrooge, el mezquino personaje de *Cuento de Navidad*. Lo único que él hacía año tras año era contar su dinero.

Annie se detuvo delante de otro árbol, más pequeño.

—¿No es demasiado alto?

—No, yo creo que tiene la altura perfecta —murmuró ella. Pero valía sesenta y cinco dólares.

A Duncan le hubiera gustado preguntar si veinticinco dólares eran tan importantes, pero debían serlo o Annie, portavoz de las bondades de la Navidad, soltaría el dinero.

De modo que se excusó un momento para hablar con el propietario del almacén y, después de una conversación en voz baja y un intercambio de billetes, volvió con Annie.

–Vamos a preguntarle al dueño si tiene algún árbol más barato.

–Los árboles de Navidad no están rebajados en esta época del año.

–¿Cómo lo sabes? A lo mejor les han devuelto alguno.

–Nadie devuelve un árbol en diciembre –dijo ella, mirándolo como si estuviera loco.

–¿Y si te equivocases? –sonrió Duncan.

Annie suspiró.

–Muy bien, vamos a preguntarle. Pero ya te lo digo: no hay devoluciones ni gangas en el negocio de árboles de Navidad.

Annie se acercó al propietario del almacén y el hombre, que llevaba una camiseta con la cara de Santa Claus, señaló tres árboles, uno de los cuales era el que las chicas habían elegido.

–¿En serio? ¿Los han devuelto? –estaba diciendo cuando Duncan se acercó.

–Sí, es algo que ocurre todos los años. ¿Cuánto mide el techo de su casa?

–Pues… tres metros –Annie se volvió hacia sus primas, que acababan de llegar a su lado–. ¿Habéis oído? Estos árboles sólo valen treinta dólares. Están rebajados.

Por fin, eligieron uno de ellos y, con la ayuda del propietario del almacén, lo colocaron en la camioneta.

–Gracias, Duncan –le dijo después, sentada a su lado–. No sé cuánto le habrás pagado, pero sé que lo has hecho.

–No, yo…

–En otra situación no hubiese aceptado el regalo,

pero es Navidad y a las chicas les encantaba ese árbol, así que gracias.

Duncan iba a decir que él no tenía nada que ver, pero decidió encogerse de hombros.

–Tengo que volver a la oficina y estabas tardando mucho en elegir.

–¿Sabes una cosa? No eres tan mala persona –rió Annie entonces–. ¿Por que todo el mundo cree que lo eres?

–No tiene nada que ver con ser buena o mala persona sino con ser firme, enérgico. Y eso significa tomar decisiones difíciles.

También significaba depender sólo de uno mismo.

–No hace falta ser malo para ser fuerte.

–A veces sí –dijo él, mientras arrancaba la camioneta.

Annie nunca había prestado atención a los libros sobre relajación o meditación. Su vida era muy ajetreada y no tenía tiempo para «fusionarse con el planeta». En los mejores días, sólo iba ligeramente retrasada en todo. En los días peores, la lista de cosas que hacer era interminable.

Pero ahora, sentada en el restaurante del puerto con los socios de Duncan, mirando los nueve cubiertos que había alrededor de su plato, con la mayoría de los cuales no sabría qué hacer, deseó al menos haber leído algo sobre cómo respirar para evitar un ataque de pánico.

Sabía que había que empezar de fuera adentro y también existía la posibilidad de que los tres cubiertos que había sobre el plato fuesen para el postre. O tal vez para el queso y el café. El tenedor raro podría ser para el marisco… ¿pero para qué servían los otros tres?

La carta daba aún más miedo. Aunque estaba en su idioma y no en francés, todo lo que ofrecía eran productos de lujo: langosta, caviar y buey de Kobe, Annie sabía que era el más caro del mundo. Pero no pensaba pedir nada de eso, de modo que miró la lista de pastas.

–¿Estás bien? –le preguntó Duncan–. Pareces nerviosa.

–No, no. Pero podríamos haber cenado una hamburguesa, este sitio debe ser carísimo –bromeó ella.

–No te preocupes por eso –rió Duncan.

Su risa le gustaba cada día más, debía reconocerlo. Y estaba muy guapo con el traje de chaqueta oscuro. Duncan podía ser el empresario más odiado del país, pero sabía llevar un traje de chaqueta.

–Es una cena de negocios y este restaurante es muy tranquilo, por eso hemos venido.

–También McDonald's está muy tranquilo a esta hora –dijo ella.

Uno de los tres camareros que los atendían se acercó a Annie entonces.

–¿Le apetece tomar un cóctel, señorita?

Ella vaciló, sin saber qué decir. ¿No sería más apropiado esperar el vino?

–Pues…

–¿Has probado el Cosmopolitan? –le preguntó Duncan.

–¿Como las chicas de *Sexo en Nueva York*? No, pero me encantaría probarlo. ¿De verdad son de color rosa?

–Desgraciadamente –sonrió Duncan, antes de pedir un Cosmopolitan para ella y un whisky para él.

Un hombre mayor se sentó entonces al otro lado de Annie y ella sonrió durante las presentaciones. Will Preston era el presidente de la mayor empresa de instalación de tuberías de la Costa Oeste, por lo visto.

–Encantado de conocerla –dijo el hombre–. ¿En qué trabaja, señorita McCoy?

–Soy profesora de primaria.

–Ah, entonces tal vez pueda contestarme a una pregunta: a mi mujer le encanta que los nietos se queden a dormir en casa y yo suelo leerles cuentos. Y a mí no me importa hacerlo, pero es que siempre quieren que les lea el mismo cuento. Se lo leo y quieren que vuelva a hacerlo. ¿Puede usted explicarme por qué?

–El cerebro de un niño no está tan desarrollado como el de un adulto y no tiene una vida entera de experiencias, así que todo es nuevo para él –respondió Annie–. Un cuento le ofrece la seguridad de algo que le es familiar y eso le gusta. Se siente conectado con algo que conoce y, además, seguramente escucha algo nuevo cada vez. Es una forma de aprendizaje y, además, con toda seguridad le gusta escuchar su voz porque pronuncia las palabras de forma diferente a como lo hace él. Todo eso lo asocia con usted, de modo que está creando recuerdos.

El hombre frunció el ceño.

–No tenía ni idea. Gracias, Annie. A partir de ahora me gustará más leerles el mismo cuento.

–Espero que lo haga, es muy bueno para ellos. Dentro de treinta años, cuando estén leyéndoles cuentos a sus hijos, se acordarán de usted. Siempre será algo que han compartido con su abuelo.

–¿Ya sabes lo que vas a pedir? –le preguntó Duncan, reclamando su atención.

–Estaba pensando tomar estos ravioli caseros... a las mellizas les encantaría que se los llevase en una bolsita. Les entusiasma la pasta.

Iba a seguir hablando cuando vio que Duncan la miraba de forma extraña. ¿Por qué? Sólo era una broma, no iba a pedir que le diesen una bolsa con las sobras.

–Annie me ha dado unos consejos estupendos –estaba diciéndole Will al hombre que se sentaba al otro lado y que lo miraba con cara de aburrido.

Y, aunque llevaba uno de los vestidos que había elegido Cameron, Annie se sentía fuera de lugar. Todo el mundo era mayor que ella y parecían conocerse unos a otros. Las mujeres reían y charlaban entre ellas...

En realidad, le gustaría estar en cualquier otro sitio. ¿Y si Duncan decidía que no estaba haciendo bien su trabajo? ¿Cambiaría de opinión sobre el trato? ¿Sacaría a Tim de la clínica?

Pero no debía pensar esas cosas, se dijo. ¿Qué le importaba que todos fueran ricos y supieran cómo usar cada cubierto? Ella era inteligente. Tenía una carrera y un trabajo que le encantaba. Además, Duncan Patrick la necesitaba para quedar bien. Si alguien debería estar preocupado por cambiar era él. En realidad, había tenido suerte de que aceptase acompañarlo.

–¿Por qué sonríes? –le preguntó Duncan entonces–. ¿Estás borracha?

–¿Yo? Pero si apenas he probado el cóctel.

–No parece gustarte demasiado el alcohol.

–No, pero hasta yo puedo tomar un cóctel sin emborracharme.

–¿Me estás poniendo en mi sitio?

–¿Necesitas que lo haga? Te advierto que soy más fuerte de lo que crees.

Duncan rió.

–Seguro que sí.

Aunque no había sido una cena demasiado agradable, Annie consiguió terminar sin tirar su copa, sin decir nada que lamentase después y sin quedarse callada. Había participado en una conversación sobre colegios concertados y había dado su opinión sobre el último estreno de cine, pero cuando todo el mundo se levantó para marcharse el camarero apareció a su lado con una bolsa.

–Para esas hambrientas universitarias que tienes en casa –dijo Duncan cuando los demás invitados habían salido del restaurante–. Tres primeros platos y los postres. Así no intentarán encontrar tus bolitas de chocolate.

Annie se quedó sorprendida y conmovida a la vez. Era un gesto muy considerado por su parte.

–Eres un fraude –le dijo, poniéndose de puntillas para darle un beso en la mejilla–. No eres malo en absoluto.

Duncan le pasó un brazo por la cintura, pero cuando la besó no fue en la cara. No, buscó sus labios con una fuerza que la dejó sin aliento. Y no había la menor duda de lo que quería.

Estaba apretada contra él, no había forma de escapar, pero no sentía ningún miedo. No quería apartarse, al contrario. Sabía por instinto que Duncan esperaría que intentase hacerlo y pensó que rendirse era la mejor manera de ganar.

En cuanto se relajó, él aflojó la presión de su brazo y, aunque siguió besándola, el beso era más burlón que otra cosa.

Pero cuando sintió la presión de su lengua abrió los labios y Duncan la besó con una pasión que la dejó temblando. Echándole los brazos al cuello, se apretó contra su torso, disfrutando de su calor, de su fuerza. Le gustaba que fuese tan fuerte. Si Duncan algún día se comprometía con una mujer, esa mujer estaría protegida para siempre.

Siguieron besándose, explorándose el uno al otro, excitándose. Y ella contestaba a cada caricia, a cada roce. Cuando Duncan deslizó las manos por su espalda para sujetar sus caderas Annie sintió como si un incendio la recorriese de arriba abajo. El deseo era inesperadamente poderoso. Había besado a otros hombres, claro, pero ninguna de esas experiencias la había preparado para aquello.

Lentamente, casi con desgana, Duncan se apartó.

–Annie…

No sabía si iba a recordarle que su acuerdo no incluía el sexo o a decirle que estaba jugando con fuego. En cualquier caso, sacudiendo la cabeza, tomó la bolsa y se dirigió a la puerta del restaurante.

No quería escuchar que no estaba interesado en ella. Esa noche no. En cuanto al peligro de jugar con fuego… sencillamente, era algo a lo que tendría que arriesgarse.

Capítulo Cinco

–Lo siento mucho, pero esta noche no puedo –suspiró Annie, frustrada y preocupada. En realidad, disfrutaba de la compañía de Duncan, pero empezaba a preocuparle el acuerdo–. Espero que lo entiendas, es una emergencia.

–Una contingencia que, al parecer, hemos olvidado en nuestro acuerdo.

Annie no sabía si estaba enfadado o no y no quería preguntar.

–Es que la semana pasada han faltado muchos padres que deberían ayudar con los decorados de la obra de teatro…

–¿La obra de Navidad?

–Es el festival de invierno, Duncan. Nosotros no promovemos una celebración en particular. En el colegio hay niños de todas las religiones.

–¿Y llamarlo «festival de invierno» engaña a alguien?

–Es lo más sensato –rió Annie–. Pero hay que construir muchos decorados, pintar… tengo que quedarme para ayudar. Además, estoy enseñando a los niños a cantar un villancico en el lenguaje de signos.

–Ah, muy impresionante. Muy bien, señorita McCoy. Llámame cuando hayas terminado. Si tienes tiempo, te llevaré al cóctel.

–Siento mucho tener que perdérmelo –insistió ella.

–Pero aún no sabemos si te lo vas a perder, ¿no?

–No somos muy habilidosos cuando se trata de construir decorados, Duncan. Me temo que tendremos que estar aquí toda la noche.

–Llámame de todas formas.

Después de colgar, Annie se dirigió al salón de actos, donde los demás profesores y un par de voluntarios estaban dividiéndose el trabajo. Como lo más parecido a construir decorados que había hecho en su vida eran las clases de costura a las que había asistido el verano anterior, le asignaron la tarea de pintar.

Media hora después, todo el mundo estaba pintando, lijando y levantando decorados de madera. Pero quince minutos más tarde, cuatro tipos enormes con botas de trabajo entraron en el salón de actos. Todos con impresionantes cajas de herramientas.

La directora apagó la sierra mecánica y se quitó los guantes.

–¿Querían algo?

–Hemos venido apara ayudar con el montaje –contestó uno de ellos–. Nos envía Duncan Patrick.

Los profesores se miraron unos a otros, desconcertados y Annie se aclaró la garganta.

–Duncan es un amigo mío. Le dije que andábamos cortos de personal y… –intentaba parecer absolutamente tranquila, pero seguramente no estaba funcionando porque no podía dejar de sonreír.

La directora suspiró, agradecida.

–Estamos desesperados. ¿Han hecho alguna vez decorados para una obra escolar?

Los hombres se miraron.

–Dos de nosotros tenemos una empresa de construcción y los otros dos son pintores, señora. Si nos dicen lo que hay que hacer, nosotros nos encargaremos de todo.

Annie sacó el móvil del bolsillo para llamar a Duncan.

–Gracias –le dijo–. Qué sorpresa.

–Te necesito esta noche. Iré a buscarte a las cinco, pero hoy no terminaremos muy tarde.

Annie quería decir algo más, quería que Duncan admitiese que deseaba ayudarla. Pero algo le decía que no iba a reconocerlo. La cuestión era por qué. ¿Qué había en el pasado de Duncan que lo hacía creer que ser amable y considerado con los demás era algo malo?

Tal vez era hora de descubrirlo.

–No lo entiendo –dijo Annie mientras metía la llave en la cerradura–. Es un banquero, tiene muchísimo dinero. ¿Por qué le importa tanto el tuyo?

–Los bancos ganan dinero con el de los demás –contestó Duncan–. Prestándolo, invirtiéndolo. Cuanto mayor es la cuenta, más dinero ganan.

–Sí, bueno, eso ya lo sé.

Habían pasado las últimas dos horas soportando un aburrido cóctel. En teoría, era una reunión de trabajo para hacer contactos, pero pronto quedó claro que Duncan había sido invitado para presentarle a un conocido banquero. Normalmente a él no le importaban esas cosas porque, en general, se aprovechaba de ellas, pero aquella noche no estaba de humor.

En lugar de estar atento a la conversación, había estado mirando el reloj y la pantalla del móvil.

Annie tiró sobre el sofá el echarpe negro que llevaba y se inclinó para quitarse los zapatos, haciendo una mueca de dolor.

–No lo dicen de broma –murmuró–. Para estar guapa hay que sufrir.

En circunstancias normales Duncan habría respondido al comentario, pero estaba demasiado ocupado mirando el escote del vestido, que dejaba al descubierto el nacimiento de sus pechos. Las curvas parecían lo bastante grandes como para que le cupieran en las manos…

Se preguntaba si serían suaves y cómo sabrían. Imaginaba su lengua haciendo círculos en sus pezones, chupándolos suavemente mientras ella gemía…

La imagen fue lo bastante vívida como para provocar una reacción en su entrepierna y tuvo que moverse, incómodo.

Annie se irguió, dio un paso adelante y volvió a hacer una mueca de dolor.

–Creo que la lesión es permanente. ¿Cómo es posible que las mujeres lleven estos zapatos todos los días? Yo no podría soportarlo –suspirando, señaló una esquina del salón–. ¿A que es precioso?

Duncan miró el árbol de Navidad al lado de la ventana. Prácticamente ocupaba la mitad de la habitación, con cientos de adornos cubriendo cada centímetro. Annie encendió las luces, que centelleaban a toda velocidad. No era algo que le hubiera gustado nunca y, sin embargo, había algo especial en ese árbol.

–Muy bonito.

–¿Has puesto uno en tu casa?

No, claro que no, pero no quería herir sus sentimientos. En lugar de contestar, Duncan señaló la mesita de café, donde había un libro forrado con plástico.

–¿Qué es eso? –le preguntó.

Annie tomó el libro, que parecía un manual de instrucciones.

–No lo sé… es de un congelador. Pero nosotras no tenemos ningún… –no terminó la frase, atónita–. No me lo puedo creer.

Annie corrió al cuarto de la plancha, donde guardaba la lavadora y la secadora, y Duncan la siguió. Cuando llegó a su lado, estaba abriendo la puerta de un resplandeciente congelador con los estantes llenos de alimentos.

Había paquetes de carne, pollo y pescado, un montón de pizzas congeladas, bolsas de verduras, contenedores de zumo y helado…

Lo miró todo durante un minuto, con la boca abierta. Luego cerró la puerta y se volvió hacia él con lágrimas en los ojos.

Duncan había conocido a muchas mujeres bellas en su vida. Se había acostado con varias, había salido con algunas, había sido seducido por las mejores, incluso se había casado una vez. Pero ninguna de ellas lo había mirado como Annie McCoy, con una expresión de total felicidad.

–No tenías que hacerlo –le dijo.

–Lo sé, pero quería hacerlo. Se pueden comprar al por mayor, es más barato. Y sé lo que te gusta a ti una ganga.

–Es el mejor regalo que me han hecho nunca. Gracias –Annie apretó su mano–. En serio, es maravilloso.

Duncan apartó la mano porque no quería emocionarse. Él no se emocionaba, sencillamente.

–Sólo es un congelador.

–Para ti, para mí es otra cosa. Es algo de lo que ya no tengo que preocuparme, es una oportunidad de respirar tranquila.

Él había hecho muchos regalos en su vida: joyas, coches, vacaciones. Pero ahora se daba cuenta de que ninguno de esos regalos tenía la menor importancia. Nadie se había emocionado de verdad por algo que él le hubiese regalado. Tal vez porque Annie era una de las pocas mujeres que le había gustado de verdad.

Desear y gustar eran dos cosas completamente diferentes. Había decidido llegar a un acuerdo con Annie para mejorar su reputación de cara a los medios y conseguir que el consejo de administración lo dejase en paz. Pero Annie había empezado a gustarle de verdad. Y no sabía si eso era bueno o malo.

–Es mi buena acción para estas fiestas –le dijo–. Nada más que eso.

–Ya, claro –sonrió ella–. Porque no eres una buena persona.

–No lo soy.

–Eso me han dicho –Annie abrió el congelador para sacar una pizza–. Ésta tiene de todo, creo.

–¿Vas a hacer una pizza ahora?

–En el cóctel sólo han servido sushi y estoy muerta de hambre –rió ella, arrugando la nariz–. El pescado crudo no es mi comida favorita.

–Bueno, entonces vamos a tomar una pizza.

–¿Quieres que veamos una película navideña mientras se calienta? –le preguntó Annie, después de encender el horno.

–No.

–Venga, dejo que tú elijas la película.

–Sigo diciendo que no.

Las lágrimas habían desaparecido y Annie lo miraba con los ojos brillantes.

–No te gustan las cosas domésticas, ¿verdad?

–Nunca he encontrado una razón para que me gustasen.

–Pero estuviste casado. ¿La antigua señora Patrick no consiguió domesticarte?

–¿Te parezco domesticado? –le preguntó él, dando un paso adelante.

–Hummm… creo que en tus mejillas veo la marca de donde estaban las riendas.

Duncan iba a tomarla por la cintura y, cuando ella intentó apartarse, resbaló en el suelo de linóleo, la sujetó, apretándola contra su torso. La necesidad de abrazarla era tremenda, el deseo instantáneo. Pero el recuerdo de su ex hizo que la soltara.

–Valentina no estaba interesada en domesticarme.

–¿Cómo era tu ex mujer? –Annie se aclaró la garganta, nerviosa–. Cameron me dijo que era… interesante.

–Lo dudo. Más bien te diría que era una mala bruja.

–Eso también.

Duncan no pensaba en su ex mujer más de lo necesario.

–Fue hace mucho tiempo –le dijo–. Ella estudiaba Periodismo y yo acababa de comprar mi primera empresa importante. Fue a entrevistarme para un artículo universitario… o eso me dijo. En realidad, creo que fue para conocerme.

Valentina tenía cuatro años menos que él, pero era una chica muy sofisticada y segura de sí misma. Él era un antiguo boxeador, musculoso y acostumbrado a usar la fuerza para conseguir lo que quería, mientras Valentina era de las que siempre se salía con la suya de la manera más sutil.

–¿Era muy guapa?

–Sí, rubia, de ojos azules –Duncan estudió a la mujer que tenía delante. Físicamente se parecían, pero no tenían nada en común. Annie era dulce, amable. Confiaba en todo el mundo y creía lo mejor de todos. Valentina jugaba para ganar y le daba igual a quién hiciese daño en el proceso.

Ella le había enseñado a moverse en sociedad, a portarse como un hombre de mundo. Con ella había aprendido sobre vinos, sobre la ropa que debía llevar y qué temas de conversación eran adecuados en una reunión social. Valentina era la viva imagen de la afectación, de la clase… hasta que se cerraba la puerta del dormitorio. Allí lo prefería lo menos civilizado posible.

–¿Cuánto tiempo estuvisteis casados?

–Tres años.

–Y… bueno, supongo que estuviste enamorado de ella. No era un acuerdo ni un matrimonio de conveniencia, ¿verdad?

–No, claro que no. Yo la quería –admitió él. Tanto como un hombre podía querer a una mujer con el corazón de hielo–. Hasta que la encontré en la cama con uno de mis socios.

Ni siquiera en la cama, pensó, aún más furioso que dolido. Encima de su escritorio.

–Qué horror.

–La eché de casa y pedí dinero prestado para comprarle la empresa a mis socios –siguió Duncan, mirando a Annie, pero sin verla. En lugar de eso veía a una Valentina desnuda, el largo cabello rubio cayendo sobre sus hombros…

–No serías tan tonto como para pensar que te quería de verdad –le había dicho ella.

Pero sí había sido tan tonto. Desde pequeño había aprendido que había que ser fuerte para triunfar. Con Valentina había olvidado las dolorosas lecciones de su niñez y no volvería a hacerlo.

Annie tocó su brazo.

–Lo siento. No entiendo por qué haría algo así.

–¿Por qué? ¿Porque en tu mundo los matrimonios duran para siempre?

–Claro que sí –Annie parecía sorprendida–. Mi padre murió cuando yo era muy joven y mi madre hablaba de él todo el tiempo. Hizo que fuese real para Tim y para mí. Era como si no hubiera muerto… como si se hubiera ido de viaje. Y cuando enfermó nos dijo que no nos pusiéramos tristes porque iba a volver con mi padre, que era lo que quería de verdad.

–Ese tipo de amor no existe.

–No todas las mujeres son como Valentina.

–¿Tú has encontrado al hombre de tus sueños?

–No –Annie se encogió de hombros–. Siempre me enamoro del hombre equivocado. Aún no sé por qué, pero ya lo averiguaré.

Era exageradamente optimista, pensó él.

–¿Cuántas veces te han roto el corazón?

–Dos.

–¿Y por qué crees que la próxima vez será diferente?

–¿Y por qué no va a serlo?

Porque estar enamorado significaba ser vulnerable.

–¿Le darías todo a un hombre, sólo para que él se aprovechara y luego te dejase plantada? La vida es una pelea… mejor ganar que perder.

–¿Son las únicas opciones? ¿Qué tal si ganan los dos? ¿Es que no enseñan eso en la escuela de negocios?

–Tal vez. Pero no en la escuela de la vida –contesto Duncan, apretando los puños sin darse cuenta.

Annie tomó su mano entonces e intentó abrir el puño.

–Debe ser muy frustrante saber que no puedes usar esto para salir de todas las situaciones.

–Lo es, sí.

Ella no sabía mucho sobre la ex mujer de Duncan, aparte de lo que Cameron le había contado, pero ahora lo entendía todo. Valentina le había hecho más daño del que quería admitir. Había destrozado su confianza en el amor, en los demás. Para un hombre acostumbrado a usar la fuerza física cuando se le acorralaba, la situación debió ser devastadora. Duncan le había entregado el corazón, tal vez por primera vez en su vida, sólo para que esa mujer se lo rompiera.

–¿No ha habido nadie importante en tu vida después de Valentina?

–Ha habido alguna que lo ha intentado –contestó él.

–Pues tarde o temprano tendrás que volver a confiar en alguien. ¿No quieres formar una familia?

–Aún no lo he decidido.

Annie sacudió la cabeza.

–Ironías de la vida. A mí me encantaría encontrar

a alguien, casarme y tener hijos. La cuestión es que no he encontrado a nadie a quien le parezca atractiva en ese sentido. Tú, por otro lado, tienes mujeres pegándose por ti, pero no estás interesado –le dijo, mirando sus ojos grises–. Pero no deberías rendirte, Duncan.

–No creo que necesite tus consejos.

–Te debo algo por el congelador.

–La pizza es suficiente.

–Muy bien. ¿Quieres buscar una película violenta en televisión mientras yo la meto en el horno?

–De acuerdo –tuvo que sonreír él.

Annie lo vio salir de la cocina y contuvo un suspiro.

Conocer su pasado explicaba muchas cosas. Pero de lo que Duncan no parecía darse cuenta era de que bajo ese duro exterior había una buena persona. Él no querría ni oírlo, claro. Pero lo era.

¿Cómo habría sido antes de Valentina? Un hombre fuerte, dispuesto a confiar en los demás y a entregar su corazón, imaginó. ¿Podía haber algo mejor?

Sus pensamientos fueron interrumpidos por el timbre del horno y Annie colocó la pizza en una bandeja.

¿La ex de Duncan lamentaría haberlo dejado?, se preguntó. ¿Se habría dado cuenta de lo que había perdido? No la conocía, de modo que no podía saberlo. Sólo sabía que si ella tuviera la oportunidad de estar con Duncan se agarraría a ella con las dos manos y no la dejaría escapar.

La fiesta de Navidad de los empleados de Industrias Patrick fue un completo desastre. Annie odiaba ser crítica, pero era imposible no darse cuenta de los incómodos silencios, las miradas entre unos y otros y las risas falsas de los nerviosos empleados.

Era evidente el miedo que le tenían a Duncan. Nadie comía o bebía y casi todos miraban el reloj, desesperados por marcharse.

–Una fiesta interesante –murmuró, en la puerta del salón del hotel. Aunque le parecía bien que Duncan quisiera saludar a todo el mundo, su presencia no estaba ayudando nada. Era un muy poderoso y relajarse con él era difícil.

–Estas cosas son siempre aburridas.

–Tal vez si hubiera música…

–Tal vez –Duncan miró por encima de su cabeza–. Ahí está Tom, de contabilidad. Tengo que hablar con él, vuelvo enseguida.

Annie se escondió tras una enorme planta y sacó el móvil para llamar a su casa. Jenny contestó de inmediato.

–¿Podrías traerme la máquina de karaoke? Pídele a Kami que te ayude.

–¿Para qué la quieres?

–Estoy en una fiesta que necesita ayuda urgente.

Annie le dio el nombre del hotel.

–Ah, qué elegante –dijo Jenny.

–Sí, pero la fiesta es un desastre. Daos prisa.

–Muy bien, tú toma una copa de vino.

–No sé si eso me ayudará –suspiró Annie, guardando el móvil en el bolso.

Al otro lado del salón, Duncan estaba charlando con un grupo de hombres. Probablemente ejecutivos, pensó.

Tres noches atrás, se había marchado antes de que

la pizza se calentase, arguyendo que tenía que trabajar. Y seguramente era cierto. El trabajo era un escape para él y lo entendía. Aunque ella no trabajaba tantas horas, era una experta en no examinar sus problemas. Sus primas y Kami la mantenían ocupada, por no hablar de los proyectos del colegio. Si estaba todo el día corriendo, no tenía que pensar que hacía seis meses que no salía con nadie, por ejemplo. Sin contar a Duncan, claro.

Después de las navidades, se prometió a sí misma. Entonces empezaría a salir otra vez y buscaría a alguien que la viese como algo más que una hermana o una amiga.

Tim había dicho que iba a presentarle a un par de amigos… aunque eso había sido antes de que ingresara en la clínica. Se preguntó entonces si seguiría enfadado con ella. Como no podía hablar por teléfono con él o ir a visitarlo durante las primeras semanas, no tenía forma de saberlo.

Durante los primeros veinte minutos, Annie tomó su copa de vino e intentó hablar con la gente, pero todos estaban demasiado tensos como para contestar con algo más que monosílabos. Hasta que, por fin, aparecieron Jenny y Kami con la máquina de karaoke.

–He traído canciones de los ochenta –dijo Jenny mientras la ayudaba a enchufarla–. Me imaginaba que la gente de la fiesta sería muy mayor.

–Qué bonito. No lo dirás en serio, ¿verdad?

–Tú te lo tomas todo en serio. Claro que estoy de broma, tonta. He puesto música navideña –Jenny miró alrededor–. ¿Pero cómo vas a hacer que canten?

–He decidido sacrificarme a mí misma.

Kami hizo una mueca.

—Tim no te merece.

—Dímelo a mí.

Cuando la música empezó a sonar, todos se volvieron para mirarlas. Habían elegido *Jingle Bell Rock*. Tal vez esa canción lograría hacer que entrasen en el espíritu navideño.

—Buena suerte —dijo Kami.

Annie tomó el micrófono y empezó a cantar. Tenía una voz modesta, por decir algo. Suave, sin muchos registros, pero alguien tenía que salvar aquella fiesta. De modo que intentó no pensar en el temblor de su voz o en el calor que sentía en la cara.

Jenny y Kami se unieron valientemente a ella y luego una pareja que estaba al fondo del salón se apuntó también. Unos cuantos más se atrevieron entonces con el estribillo y en la tercera ronda la mayoría de la gente estaba cantando.

Un par de chicas decidieron tomar el micrófono y cuando terminaron de cantar había una cola esperando. Annie suspiró, agradecida, y se terminó la copa de vino de un solo trago.

Aún estaba temblando. La buena noticia era que los empleados de Duncan habían empezado a charlar y a pasarlo bien.

—Has cantado —dijo él.

—Lo sé.

—¿Por qué?

—¿Tan mal lo he hecho?

—No, pero era evidente que estabas incómoda.

—La fiesta era un desastre y había que hacer algo.

Duncan miró alrededor y luego volvió a mirarla a ella.

—No era tu responsabilidad.

–La gente debería pasarlo bien en una fiesta de Navidad. ¿No es para eso para lo que se hacen?

Él la miró como si no la entendiera.

–Ve a hablar con ellos –sugirió Annie–. Pregúntales cosas sobre sus vidas, finge que tienes interés.

–¿Y luego qué?

–Sonríe. Eso los dejará desconcertados.

Duncan la miró con cara de sorpresa, pero luego hizo lo que le pedía. Annie lo vio acercarse a un grupo de hombres que estaban bebiendo cerveza y tirándose de las corbatas.

Sus empleados no eran los únicos que estaban desconcertados, pensó. También lo estaba ella. Salía con Duncan por razones que no tenían nada que ver con el amor o con la amistad siquiera. Básicamente, la había chantajeado para que lo acompañase a ciertos eventos con objeto de demostrar que era una persona agradable. ¿Por qué entonces quería estar con él, ayudarlo? ¿Por qué cuando lo veía sonreír tenía que sonreír también?

Era una complicación que no podía permitirse, pensó. Ella quería una historia de amor y Duncan quería estar solo. Él era multimillonarios y ella una simple profesora de primaria. Había un millón de razones por las que una relación no podría funcionar.

Y ninguna de ellas podía evitar que deseara precisamente aquello que no podía tener.

Capítulo Seis

Duncan tomó a Annie del brazo para llevarla hasta su coche. Una de las primeras reglas del boxeo era no pelear nunca enfadado porque eso le daba ventaja a tu oponente. Él había aprendido la lección y no pensaba decir nada hasta que estuviera más calmado. Algo difícil de imaginar en aquel momento.

Estaba más que cabreado y el deseo de ponerse a gritar, algo que no hacía nunca, lo superaba.

–Suéltalo de una vez –dijo Annie cuando llegaron al coche.

–No tengo nada que decir.

Ella puso los ojos en blanco.

–Por favor, si prácticamente echas espuma por la boca. Dilo de una vez.

–Estoy bien –insistió Duncan, esperando hasta que entró en el coche para cerrar la puerta y sentarse tras el volante.

–Venga, te sentirás mejor.

–Muy bien, no tenías derecho a hacerlo.

–O sea, que estás enfadado.

–¿Cómo se te ha ocurrido?

–Ah, ya veo que las palabras amables se han terminado.

–¿Qué quieres decir?

–Antes, cuanto he tenido que ponerme a cantar

77

muerta de vergüenza para animar la fiesta, has sido muy amable conmigo. Pero ahora, por una simple sugerencia, estás enfadado.

–¿Una simple sugerencia? ¿Es así como lo llamas? No tenías derecho, Annie. Yo llevo un negocio y nuestro acuerdo no te da autoridad sobre mí o sobre mis decisiones. No sabías de lo que hablabas y tendré que solucionarlo como pueda....

–¿Te sientes mejor ahora?

–No soy un niño, no tienes que aplacarme.

–Entiendo que eso es un no.

Annie no le tenía miedo y, en el fondo, Duncan agradecía que así fuera.

–Mira, vamos a dejarlo.

–Pues yo sigo pensando que no es mala idea.

–Tú no eres la que tendría que pagar por ello.

–Pero si tú ya estás pagando –dijo Annie tranquilamente–. Los padres tienen que faltar al trabajo porque no hay suficientes guarderías o tienen que irse antes porque sus hijos se ponen enfermos. Es algo que no se puede controlar y la gente se preocupa, Duncan. Y la gente preocupada no puede trabajar al cien por cien.

–No pienso construir una guardería en la empresa, es ridículo.

–¿Por qué?

–Para empezar, es caro e innecesario.

–¿Lo sabes con total seguridad?

–¿Y tú sabes si serviría de algo?

–No, pero estaría dispuesta a probar. ¿Y tú?

–Yo no voy a tu colegio para decirte cómo debes dar las clases y te agradecería que no me dijeras cómo llevar mi empresa –replicó Duncan, furioso.

–No te estoy diciendo cómo llevar tu empresa. He hablado con un grupo de empleados y todos estaban de acuerdo en que es un problema. Yo sólo dije que sería una idea interesante y algo que tú podrías estudiar.

–No debes hablar por mí.

–¿Y qué querías que hiciera? –le preguntó ella entonces–. Todo el mundo cree que soy tu novia. Hemos llegado a este acuerdo para que la gente crea que eres una persona decente. Y las personas decentes tienen buenas ideas.

–No es una buena idea. Yo escucho cuando alguien me ofrece algo interesante, esto no lo es.

–¿Y por qué no? ¿Necesito un máster en Economía para darte una idea? Ahora entiendo que todo el mundo estuviera tan asustado. No dejas que nadie diga nada sin tu permiso –protestó Annie–. Pues si no escuchas a nadie, imagino que las reuniones contigo deben ser cortísimas. Además, ¿para qué tienes reuniones? Eres tan engreído… das una orden y todo el mundo se pone firme. Qué absurdo.

Estaba seriamente enfadada. Tan enfadada que se inclinó hacia delante y clavó un dedo en su brazo.

–No seas tonto, tú sabes que la idea podría ser interesante. Otras compañías lo han hecho y nadie se ha arrepentido. O también podrías hablar con un par de guarderías cercanas para que permaneciesen abiertas más horas, llegar a algún tipo de acuerdo, ofrecer un precio especial para tus empleados… yo qué sé. Lo que digo es que si es un problema para tus empleados, es un problema y punto.

Duncan se apoyó en la puerta del coche.

–¿Has terminado?

–No, la gente de la fiesta te tenía miedo y eso no es bueno.

Duncan sabía que tenía razón en ese punto. Unos empleados asustados ponían más energía en protegerse que en luchar por la empresa.

–No quiero que me tengan miedo –admitió–. Quiero que trabajen.

–A la mayoría de la gente se la puede motivar con un objetivo común. Mucho mejor que con intimidaciones.

–¿Qué intimidaciones? Tú no me tienes miedo.

–Porque yo no trabajo para ti. Bueno, se podría considerar que me has contratado, pero yo te conozco, ellos no. Tú puedes dar mucho miedo y lo utilizas cuando quieres. Tal vez esa estrategia te dé resultado algunas veces, pero ahora mismo es un obstáculo.

–No pienso volverme blando, es ridículo.

–Tal vez no, pero tampoco tienes que ser un ogro. Y sabes que tengo razón sobre el asunto de la guardería, deberías pensarlo.

Tenía razón, maldita fuera. Y lo más frustrante era que ya no estaba enfadado. ¿Cómo había hecho eso?

–Eres una mujer extraña, Annie McCoy.

–Es parte de mi encanto –sonrió ella.

Era algo más que encanto, pensó Duncan, tirando de su mano para besarla.

Y ella le devolvió el beso sin protestar.

No sabía lo que era hacer las paces con un hombre después de una discusión porque ella no tenía por costumbre discutir, pero había oído que era magnífico. Y, a juzgar por el incendio que recorría todo su cuerpo en ese momento, era algo que habría que estudiar.

Se sentía llena de energía después de la discusión. Le gustaba pelearse con él sabiendo que podía ser firme. Aunque Duncan podría ganarle físicamente, emocionalmente estaban a la misma altura. Y seguiría siendo así porque algo le decía que Duncan era una persona justa.

Annie inclinó a un lado la cabeza y él enredó los dedos en su pelo, mientras abría sus labios con la lengua. Sabía a whisky a menta y se apretó contra él un poco más, echándole los brazos al cuello.

Sentía que sus pechos se hinchaban y una extraña presión entre las piernas. Si la palanca de marchas no hubiera estado entre los dos, seguramente le habría arrancado la chaqueta y la camisa.

Pero, en lugar de sugerir que siguieran en otro sitio, Duncan se apartó un poco.

En la oscuridad no podía ver sus ojos y no sabía lo que estaba pensando.

—Eres una complicación, Annie —dijo él entonces.

¿Eso era bueno o malo?, se preguntó.

—También soy Piscis y me gusta viajar y dar largos paseos por la playa.

Duncan rió. Y, como siempre, el sonido hizo que se le encogiera el estómago.

—Maldita sea —murmuró él—. Voy a llevarte a casa antes de que hagamos algo que lamentemos más tarde.

¿Lamentar? Ella no pensaba lamentar nada. Pero como no estaba segura de su respuesta, decidió callarse. Desear a Duncan era una cosa. Desear a Duncan y que él dijera que no estaba interesado era más de lo que estaba dispuesta a soportar.

El valor era una cosa curiosa, pensó mientras se

ponía el cinturón de seguridad. Y, aparentemente, ella iba a tener que encontrar el suyo.

Annie sobrevivió a las dos siguientes fiestas. Estaba empezando a acostumbrarse a charlar con hombres de negocios y, sobre todo, a confirmarles que era profesora de primaria y le encantaba su trabajo.

Había conocido a muchos periodistas y el mundo de los ricos le daba menos miedo que al principio. Y tampoco Duncan le parecía tan imponente. Lo único que lamentaba era que no hubiese vuelto a besarla.

Se decía a sí misma que seguramente era lo mejor y en algunos momentos incluso llegaba a creerlo. Duncan había dejado claro que la suya era sólo una relación de conveniencia y si todo acababa mal sería culpa suya porque había sido advertida.

–¿Qué hay en la caja? –le preguntó cuando salían del hotel para volver a su casa.

Annie le había dicho que no pensaba contarle qué era hasta que terminase la fiesta.

–Adornos de Navidad para tu casa. Una forma de agradecerte todo lo que has hecho por mí.

–¿Qué clase de adornos? –preguntó él, con expresión suspicaz.

–Nada que vaya a comerte mientras duermes. Son bonitos, te gustarán.

–¿Es una opinión o una orden?

–Tal vez las dos cosas –sonrió Annie.

–Muy bien –suspiró Duncan–. Venga, vamos. Incluso dejaré que los coloques donde quieras.

Antes de que se diera cuenta de lo que estaba haciendo, Duncan tomaba la autopista hacia el norte en lugar del sur y, quince minutos después, detenía el coche en el garaje de un lujoso edificio.

Annie se dijo a sí misma que debía tranquilizarse. La había llevado a su casa, pero eso no significaba que hubieran pasado de ser una pareja falsa a ser una pareja real. Eran amigos, nada más. Amigos que fingían salir juntos. Ocurría todo el tiempo.

Unos minutos después estaban en un lujoso dúplex. Y no debería sorprenderla, claro.

El salón era espacioso, como los lofts que había visto en las revistas y los programas de decoración, con preciosos suelos de madera. En el centro había dos sofás de piel, varios sillones, una pantalla plana de televisión del tamaño de un jumbo y ventanales desde los que se veía todo Los Ángeles. Toda su casa, incluido el jardín, cabría en aquel sitio.

Y, sin duda, aquel apartamento tendría más de un cuarto de baño. Tal vez podría enviar allí a sus primas para que se arreglasen los viernes por la noche. Así no tendrían que pelearse.

—Es muy bonito —le dijo, mirando las paredes pintadas de color beige y los sofás de un tono marrón claro—. Pero no hay mucho contraste de colores.

—Me gustan las cosas sencillas.

—El beige es el color de los hombres. O eso he oído.

Annie se dejó caer en uno de los sofás y puso la caja sobre la mesita de café.

—¿Quieres una copa de vino?

—Sí, muy bien.

Mientras Duncan servía el vino, ella sacó los adornos de la caja. Había tres bolas de cristal con nieve, dos velas, varias tiras de espumillón y un belén dentro de una caja, las figuritas de porcelana envueltas en papel celofán.

Annie miró alrededor. Las velas y el espumillón podrían ir sobre la mesa, las bolas de cristal frente a la ventana. Y el belén en la mesa de la televisión. Cuando terminó, Duncan le dio su copa de vino.

–Muy bonito, muy hogareño.

–¿Lo dices de verdad?

–Sí.

–Me habría gustado traer un árbol, pero no sabía si te gustaría.

–A mi ama de llaves le habría divertido.

Eso no la sorprendió.

–¿Quieres ver el resto de la casa? –preguntó Duncan.

Annie asintió con la cabeza.

El aseo era más grande que cualquiera de los dormitorios de su casa, pero eso ya no la sorprendía. Al final del pasillo había un estudio con las paredes forradas de madera y un enorme escritorio en el centro, pero lo que llamó su atención fueron las estanterías llenas de trofeos. Había docenas de ellos, algunos grandes, otros pequeños, algunos guardados en urnas de cristal. También había guantes de boxeo, pero sobre todo figuras de boxeadores.

–¿Tú has ganado todo esto?

Duncan asintió con la cabeza mientras ella se acercaba para mirar los trofeos. En todos ellos estaba inscrito su nombre, con fechas y ciudades. Y también había algunas medallas.

–No lo entiendo. ¿Por qué una persona querría pegarse con otra?

Duncan sonrió.

–No es sólo eso, es una forma de arte. Un talento especial. Hace falta fuerza, pero también inteligencia, saber cuándo golpear y cómo. Uno tiene que ser más listo que el oponente, no todo depende del tamaño. La determinación y la experiencia son muy importantes.

–Como en los negocios.

–Sí, algo así.

Annie arrugó la nariz.

–¿No te dolía cuando te golpeaban?

–Sí, claro que me dolía, pero me educó mi tío y eso era lo suyo. Sin él, hubiera sido un gamberro más.

–¿Estás diciendo que golpear a la gente evitó que acabaras siendo un chico de la calle?

–Algo así –sonrió Duncan–. Deja tu copa.

–¿Para qué?

–Dame un puñetazo.

–¿Qué?

–Que me des un puñetazo.

Ella lo miró, atónita.

–No puedo hacer eso.

–¿Crees que me harías daño?

–Probablemente no, pero me rompería la mano.

Duncan se quitó la chaqueta y la corbata y las dejó sobre una silla.

–Levanta las manos y cierra los puños, con los pulgares hacia dentro.

Annie hizo lo que le pedía, sintiéndose como una tonta.

–¿Así?

–Golpéame y no te preocupes, no me harás daño.

–¿Me estás retando?

Duncan sonrió.

–¿Crees que puedes conmigo?

No, imposible, pero estaba dispuesta a intentarlo. Annie lo golpeó en el brazo sin mucha fuerza, pero tampoco con suavidad.

–Venga, dame fuerte. No me he enterado siquiera.

–Muy gracioso.

–Inténtalo y esta vez dame con todas tus fuerzas, no como una chica.

–Soy una chica.

Annie lo golpeó con más fuerza esta vez y sintió el impacto en su propio hombro. Pero Duncan ni siquiera parpadeó.

–A lo mejor lo mío es el tenis.

–Dobla las rodillas y mantén la barbilla siempre bajada –le indicó él–. Cuando lances el golpe piensa en un sacacorchos –le dijo, demostrándolo como a cámara lenta–. Así tendrá más fuerza. Apoya el peso de todo tu cuerpo en el brazo.

Seguro que lo que decía tenía sentido, pero Annie no podía concentrarse teniéndolo tan cerca. Había tantas responsabilidades en su vida, tanta gente dependía de ella… tal vez por eso la necesidad de relajarse, de jugar, era muy poderosa.

De modo que lanzó el puño hacia delante… y esta vez sintió el impacto por todo el brazo.

–¿Te he hecho daño?

–No, pero ha estado mucho mejor. ¿Has notado la diferencia?

–Sí, pero no me gustaría nada ser boxeadora.

–Probablemente sea lo mejor. Te romperían la nariz.

Annie bajó los brazos.

–¿A ti no te han roto la nariz?

–Un par de veces.

–Pues no se nota.

–He tenido suerte.

Annie puso un dedo en su barbilla para mirar su perfil. Tenía un bulto en el puente de la nariz, pero no era algo que se viera a simple vista.

–¿Y no podías haber jugado al tenis en lugar de boxear?

Duncan rió. Estaban muy cerca y las rodillas que le había dicho que doblase se doblaron por voluntad propia. Temblaba ligeramente, pero no de frío.

Los ojos de Duncan se oscurecieron y, por primera vez en su vida, Annie entendió la expresión «perderse en los ojos de alguien».

Y cuando miró sus labios tuvo que tragar saliva.

–Annie…

No era más que un suspiro, pero el deseo en su voz era innegable. Había mil razones para salir corriendo y ni una sola para quedarse. Sabía que era ella quien arriesgaba el corazón, sabía que Duncan no estaba buscando nada permanente, pero la tentación era demasiado grande. Estar con él era la mejor parte del día.

Tal vez por eso cuando la tomó por la cintura, Annie lo dejó hacer. Duncan la besó profunda, apasionadamente, y ella respondió abriendo los labios, deseando lo que él le ofrecía, sintiendo un escalofrío al notar sus manos por todas partes; en su espalda, en sus caderas, en sus nalgas.

Duncan Patrick era un hombre muy seguro de sí mismo y le gustaría rendirse, dejar de pensar, porque estando con él se sentía segura.

Annie acarició su cuello, enredando tímidamente

los dedos en su pelo. Pero cuando él deslizó las manos por sus costados, rozando sus pechos, de repente se puso tensa.

Duncan movió el pulgar para rozar sus pezones y Annie empezó a temblar. Le costaba trabajo respirar, pero seguía besándolo, acariciándolo. Al tocar su espalda notó que había músculos por todas partes. Tal vez debería tener miedo, pero no era así. No podía tener miedo de Duncan.

Él tiró de la cremallera del vestido y Annie se apartó lo suficiente como para que pudiera quitárselo. La prenda cayó al suelo y quedó frente a él con las braguitas y el sujetador, mirándolo a los ojos.

Ella siempre había sido una amante tímida que prefería las luces apagadas y hablar poco. En realidad, el sexo nunca le había parecido algo más que... agradable.

Pero el deseo que veía en los ojos de Duncan le daba un valor que no creía poseer. De modo que echó los brazos hacia atrás para quitarse el sujetador. Cuando cayó al suelo vio que Duncan apretaba los dientes pero, sin dudar un segundo, tomó sus manos y las puso sobre sus pechos.

El roce de las manos masculinas sobre su piel hizo que contuviera un gemido. Duncan se inclinó para tomar un pezón entre los labios, chupando y tirando de él hasta que Annie sintió un río de lava entre las piernas.

Cada centímetro de su piel estaba ardiendo. Quería hacer el amor con él, en el salón, en el sofá, en la encimera de la cocina. En aquel momento le daba igual. Cualquier sitio serviría.

Como si hubiera leído sus pensamientos, Duncan

tiró hacia abajo del elástico de las braguitas. La pieza de tela se deslizó por sus muslos y Annie levantó los pies para librarse de ella.

Desnuda, salvo por los zapatos, esperaba que la llevase al dormitorio, pero en lugar de hacerlo Duncan la sorprendió poniéndose de rodillas para besarla íntimamente.

Era un beso que no se parecía a ningún otro, pensó, cerrando los ojos. La ardiente fricción de su lengua en una zona tan sensible la hacía temblar y tenía que sujetarse a sus hombros para no caer al suelo. Pasaba la lengua por el mismo sitio una y otra vez hasta que un gemido ahogado escapó de su garganta. Parecía saber exactamente dónde y cómo acariciarla, con la presión justa.

Annie tenía problemas para respirar. Quería abrir las piernas y apretarse contra su cara, pero se dijo a sí misma que debía mantener el control. Aunque le parecía imposible.

Y, por fin, se dejó llevar, agarrándose a su pelo cuando él deslizó un dedo entre sus piernas, moviéndolo al ritmo de su lengua.

El orgasmo explotó sin previo aviso y Annie abrió las piernas un poco más, deseando sentirlo todo. El placer era tan abrumador que apenas podía mantenerse en pie y murmuró su nombre, agarrándose a él mientras volvía a la tierra.

Apenas lo había hecho cuando Duncan la tomó en brazos. Nadie la había llevado en brazos antes, pero estaba demasiado trémula como para hacer algo más que sujetarse.

La llevó al otro lado del dúplex, al dormitorio principal. No encendió la luz, pero gracias a la del pasillo Annie pudo ver una cama, una chimenea y un ventanal tapado por una cortina.

Duncan la dejó sobre la cama. Annie había perdido los zapatos por el camino y se sentó para verlo desnudarse, para admirar los músculos que sólo había sentido hasta entonces bajo los dedos. Aunque su erección era impresionante y daba un poco de miedo.

Duncan sacó una caja de preservativos de la mesilla y se tumbó a su lado. Pero, en lugar de abrazarlo, Annie deslizó una mano por su torso, por su estómago, por sus muslos… sonriendo cuando su miembro se movió un poco sin que ella lo tocara.

Mirándolo a los ojos, acarició su erección de arriba abajo y Duncan sonrió, una sonrisa de masculina satisfacción.

–¿Quieres ponerte encima?

–La próxima vez.

Lo que de verdad quería era sentirlo moviéndose dentro de ella. Quería pasar los dedos por sus hombros, por sus bíceps…

Duncan sacó un preservativo de la caja y, después de ponérselo, se colocó de rodillas sobre ella. Annie bajó la mano para guiarlo, despacio, sintiendo cómo la ensanchaba, cómo la llenaba hasta que la presión era exquisita.

Y se entregó por completo, envolviendo las piernas en su cintura, suspirando. Quería ver su cara mientras se acercaba al orgasmo, pero sus ojos se cerraron cuando el placer de hacer el amor con Duncan la envolvió, llevándola a un sitio en el que no había estado nunca.

Capítulo Siete

Duncan estaba haciendo café, ya duchado y vestido. En una mañana normal se habría marchado a trabajar, pero aquella mañana nada era normal.

Annie había pasado allí la noche.

Había varios problemas con esa frase. Normalmente, él prefería pasar la noche en casa de una mujer para poder controlar cuándo se iba. Pero entre las mellizas, Kami y el que sería seguramente un dormitorio muy pequeño, era mejor que estuvieran allí.

Además, lo de la noche anterior no había sido planeado. Cuando Annie y él firmaron el acuerdo le había prometido que no estaba interesado en acostarse con ella...

Aparentemente, estaba mintiendo.

Y, aunque hacer el amor con Annie había sido fantástico, le preocupaba lo que pasara a partir de aquel momento.

Annie no era como las demás mujeres que conocía y no era el tipo de chica dado a aventuras sin importancia. ¿Pensaría que había sido algo más que eso? ¿Esperaría algo más? Él no quería hacerle daño.

Oyó pasos que se acercaban y, poco después, Annie entró en la cocina con el mismo vestido que había llevado el día anterior. El pelo aún mojado de la ducha, el rostro libre de maquillaje. Tenía un aspecto inocente, juvenil. No parecía la mujer que se había rendido tan apasionadamente unas horas antes.

–Pareces nervioso –le dijo mientras tomaba una taza del armario y se servía un café–. ¿Temes que espere una proposición de matrimonio?

–No.

¿Una proposición?

Annie sonrió.

–Yo creo que una ceremonia sencilla sería lo mejor en estas circunstancias. Las mellizas y Kami querrán ser damas de honor y…

Duncan había pensado que estaría incómoda, disgustada o avergonzada. Pero se había equivocado por completo.

–¿Y llevarás un vestido blanco, querida?

Ella suspiró.

–Estaba intentando ponerte nervioso.

–Ya lo sé.

–Se supone que deberías haberte dado un susto.

Riendo, Duncan la besó.

–La próxima vez.

–Pues mientras tú roncabas, yo he tenido que llamar a Jenny para explicar por qué no he dormido en casa. Por supuesto he evitado mencionar que me había acostado contigo, pero no son tontas y…

–¿Y por qué tenías que llamar?

–Porque no he dormido en casa y sabía que estarían preocupadas.

–La vida es más fácil sin familia.

–No seas cínico, hombre. Una llamada de teléfono es poca cosa a cambio de tener a mis primas. Y no finjas no entenderlo porque no me lo creo.

Duncan lo entendía, pero no estaba de acuerdo en

que tuviese que pagar precio alguno por estar acompañada.

–Bueno, ahora las chicas ya saben algo de tu vida sexual.

Algo que a Duncan no le interesaba en absoluto. No porque le cayesen mal sino porque eso era dar demasiada información.

–Dime que no han hecho ninguna pregunta.

–Sólo si hemos usado preservativo –Annie intentaba fingir que era algo normal, pero Duncan vio que se había puesto colorada.

Sí, Annie McCoy era una interesante combinación de timidez, determinación, fuerza y fidelidad.

–¿Y qué les has dicho?

Ella se aclaró la garganta.

–Que hemos usado… tres.

–¿Y que ha contestado Jenny?

–Ha colgado.

Los dos soltaron una carcajada.

Annie estaba muy guapa a la luz del sol. Su melena rizada parecía brillar como un halo alrededor de su cara. Tenía los labios un poco hinchados de sus besos, las mejillas aún coloradas. La suya era una belleza serena, pensó. Y envejecería bien. Sería incluso más guapa a los cincuenta años. De haberla conocido antes de conocer a Valentina seguramente se habría sentido intrigado por las posibilidades… o tal vez no. Tal vez el atractivo de una chica mala habría sido más fuerte. Tal vez había tenido que sufrir para aprender la lección.

Y la había aprendido, desde luego. No confiar en nadie, no regalar nada y nunca, en ninguna circunstancia, arriesgar el corazón.

–Tú sabes que esto no puede ser más de lo que es.

Annie tomó un sorbo de café.

–¿Es tu manera de decirme que no me haga ilusiones? ¿Qué esto es un simple acuerdo de conveniencia y nada más?

–Algo así –asintió él–. Cuando terminen las fiestas, nuestro acuerdo terminará también.

–Nunca había tenido una relación con fecha de caducidad –dijo ella, mirándolo a los ojos con un esbozo de sonrisa–. No pasa nada, Duncan. Conozco las reglas y no voy a intentar cambiarlas.

–No sé si creerte. A ti te gustan los finales felices.

–Es lo que quiero –admitió Annie–. Quiero encontrar a alguien a quien ame y respete. Un hombre que quiera estar conmigo, claro. Quiero tener hijos y un perro y hasta un hámster. Pero ése no eres tú, ¿verdad?

–No, no soy yo.

Años atrás, tal vez. Ahora, el precio era demasiado alto. Él sólo jugaba para ganar y en el matrimonio no había garantías. Valentina le había enseñado eso.

–Se supone que no deberíamos habernos acostado juntos.

–Lo sé –dijo Duncan. Pero no sabía si estaba tomándole el pelo o enfadada–. ¿Quieres que me disculpe?

–No, quiero que me prometas que cuando esta relación termine no me dirás que quieres que seamos amigos. Se terminará y punto, tienes que prometerlo.

–No seremos amigos –le prometió él. Y luego, de repente, se sintió absolutamente perdido. Annie era una de las pocas personas que le gustaban de verdad y la echaría de menos. Pero tendría que dejarla ir.

***

Annie pasó el día intentando no sonreír como una idiota. No le preocupaba que sus alumnos se dieran cuenta, pero sus compañeros sí. Porque si se daban cuenta empezarían a hacer preguntas y ella no mentía bien. Probablemente una buena cualidad, se dijo a sí misma mientras metía el coche en el garaje. En circunstancias normales, claro.

Mientras iba hacia el buzón sintió que le dolían todos los músculos, incluso músculos que no creía poseer. Pero no le importaba. Era un dolor que no le molestaba en absoluto y que le recordaba lo que había pasado la noche anterior con Duncan.

No lo lamentaba, pensó. Estar con él había sido espectacular y habían hecho cosas que no creía posibles. Estar entre sus brazos le había enseñado lo que quería de la vida. No sólo un gran amor, sino también una gran pasión. Con Ron y A.J. había tenido que conformarse... no se había dado cuenta hasta ese momento, pero era la verdad. Y no volvería a conformarse nunca.

–Grandes palabras para alguien que ni siquiera está saliendo con un hombre –murmuró, mirando el correo.

Pero al ver uno de los sobres hizo una mueca. Era de la universidad de Jenny, seguramente para recordarle que tenía que pagar la matrícula. Mientras lo abría, se preguntó de dónde iba a sacar el dinero. Todo era tan caro. Tal vez después de las vacaciones debería buscar un trabajo por la tarde. Uno que...

Annie miró el papel, el que decía que la matrícula había sido pagada.

Pero era imposible, ella no había pagado y estaba segura de que Jenny no tenía dinero para hacerlo.

Annie entró en la casa y volvió a mirar el correo. ¡Había otra carta de la universidad de Julie que decía lo mismo!

Aquello era totalmente inesperado, aunque sabía con toda seguridad quién era el responsable. Un día antes se habría sentido agradecida, pero ahora… el detalle la dejaba desconcertada.

Dejando el resto del correo sobre la mesita, Annie volvió al coche. La oficina de Duncan no estaba muy lejos ya que el imperio de los Patrick era dirigido desde un complejo de edificios en el puerto de Los Ángeles.

Annie le dio su nombre al guardia de seguridad y tuvo que esperar mientras hacía una serie de llamadas. Por fin, el hombre la envió al aparcamiento, dándole instrucciones sobre dónde debía dejar el coche y, siguiendo los carteles indicadores, entró en el edificio principal.

Era imperio y medio, pensó, mirando el enorme vestíbulo de Industrias Patrick. Un mapa del mundo con miles de lucecitas blancas indicaba los países en los que tenía empresas la compañía. Otras lucecitas señalaban trenes, carreteras, barcos…

Siempre había sabido que Duncan era millonario, pero ver ese mapa era impresionante.

Annie tiró de la manga de su jersey, pensando que los alces de la pechera eran muy graciosos para sus alumnos, pero estaban fuera de lugar allí. Además, tenía una mancha en la falda y la parte de atrás estaba arrugada...

—¿Señorita McCoy?

A su lado había una mujer muy elegante de unos treinta años.

–Sí, soy yo.

–El señor Patrick está esperándola. Venga conmigo, por favor.

Subieron en el ascensor hasta la sexta planta, llena de empleados que se movían de un lado a otro sin mirarla. La mujer la llevó hasta una oficina donde esperaba una secretaria de cierta edad.

–Puede pasar –le dijo.

Annie miró la puerta que había frente a ella. Tenía un aspecto muy pesado, impresionante. Pero, apretando las cartas que llevaba en la mano, entró en la oficina de Duncan.

Era más grande que su dúplex, con enormes ventanales desde los que se veía el cuartel general de Industrias Patrick. Aparentemente, aquel rey disfrutaba admirando su reino.

Su escritorio era tan grande que un avión podría aterrizar en él y había un grupo de sofás a un lado y una mesa de conferencias al otro.

Duncan estaba mirando la pantalla de su ordenador, pero levantó la cabeza en cuanto la oyó entrar.

–Un placer inesperado –le dijo, levantándose.

Estaba guapísimo, como siempre. Demasiado guapo. Lo había visto muchas veces con traje de chaqueta, de modo que no era nada nuevo. Tal vez el problema era que menos de doce horas antes habían estado en la cama, desnudos, durmiendo uno en brazos del otro… y que habían hecho el amor una vez más por la mañana.

–¿Todo bien? Estás muy pálida.

–Tú has pagado las matrículas, ¿verdad? Ni siquiera voy a preguntarte cómo sabías dónde estudiaban las chicas… imagino que te lo contaron ellas mismas.

Duncan sonrió.

–Pensé que no ibas a preguntar.

–Esto no tiene gracia. No puedes hacerlo.

–¿No puedo ayudar a tus primas? Pensé que lo aprobarías. ¿No eres tú quien me dijo que lo lógico sería ser una buena persona y no contratarte a ti para fingir que lo soy?

–Duncan, ¿por qué lo has hecho?

–Porque puedo hacerlo. ¿Tú eres la única que puede ser buena?

–No te hagas el razonable ahora –protestó Annie–. Me hace sentir incómoda.

–No es eso lo que pretendo –dijo él, poniéndose serio–. Sólo ha sido un cheque, no tiene la menor importancia.

–Un cheque enorme… dos, en realidad –Annie miró alrededor para comprobar que estaban solos–. Nos hemos acostado juntos, no puedes comprarme cosas.

Duncan volvió a sonreír.

–La mayoría de las mujeres dirían lo contrario, que después del sexo empiezan los regalos.

–No sé qué clase de mujeres conoces tú, pero está claro que no son las mismas que yo conozco –replicó ella, enfadada–. Además, tú y yo no estamos saliendo juntos. Tenemos un acuerdo y esto no es parte del acuerdo.

–¿Te estás quejando porque te doy más de lo que esperabas?

No. Le preocupaba que si de repente Duncan empezaba a mostrarse como una buena persona, seguramente ella no sería capaz de decirle adiós sin que le rompiera el corazón.

Esa era la verdad. Claro. ¿Cómo no se había dado cuenta antes? Duncan era una fuerza de la naturaleza y ella sólo una chica normal. Él era rico, fuerte y poderoso. Se la había estado jugando desde el día que lo conoció.

—Yo… no tenías que hacerlo.

—Pero quería hacerlo, Annie.

—Sí, bueno… reconozco que ahora las cosas serán más fáciles. Gracias.

Duncan dio un paso adelante y tomó su cara entre las manos.

—¿Lo ves? No ha sido tan difícil, ¿no?

—No.

Iba a besarla y ella iba a dejar que lo hiciera. Ya era demasiado tarde para protegerse a sí misma. Lo único que podía hacer era rezar para no quedar totalmente destrozada cuando aquello terminase. Una prueba de fuerza, pensó. Una prueba de fuego.

Duncan la besó de una manera que ya empezaba a ser familiar y Annie soltó las cartas, que cayeron al suelo, para echarle los brazos al cuello. Sentía tal pasión por él… lo deseaba en aquel mismo instante.

Sentía su erección, dura y gruesa, contra su vientre. Sería tan fácil hacerlo allí, sobre el escritorio. Pero el despacho estaba lleno de ventanales sin cortinas y cualquier podría entrar y verlos…

Duncan la besó de nuevo antes de soltarla.

—Un momento… tenemos que parar.

Ella asintió con la cabeza.

—Gracias por pagar las matrículas. Me ayuda mucho, de verdad.

–De nada –sonrió él, pasándole un brazo por los hombros para llevarla a la puerta–. Mi tío Lawrence quiere conocerte, por cierto.

–También a mí me gustaría conocerlo.

–¿Qué tal si cenamos juntos el domingo?

–Muy bien, eso me gustaría.

Le gustarían muchas más cosas, pensó mientras volvía al coche. Le gustaría que hubiese una oportunidad para los dos, por ejemplo. Aunque era un deseo tonto, pensó luego. Duncan había dejado claro lo que quería desde el principio y, por lo que ella sabía, no era un hombre que cambiase de opinión sobre nada.

Después de despedir a Annie, Duncan tuvo serias dificultades para concentrarse en el trabajo. El informe que estaba leyendo le parecía mucho menos interesante y deseó ir tras ella. Tal vez podrían pasar la tarde juntos… y la noche. Pero tenía reuniones a las que acudir e informes que estudiar, se dijo. Además, algo le decía que debía tener cuidado. No quería que Annie se hiciera ilusiones porque no tenía intención de hacerle daño.

A las cuatro, su ayudante lo llamó para decir que la señora Morgan estaba esperando. Duncan miró su agenda y frunció el ceño porque no recordaba el nombre. Alguien del departamento de contabilidad, por lo visto.

–Dile que pase.

Unos segundos después, una mujer de unos cincuenta años entraba en el despacho con una sonrisa tímida.

–Señora Morgan…

–Gracias por recibirme, señor Patrick.

–De nada. Siéntese, por favor.

–Hablé con Annie en la fiesta de Navidad –empezó a decir ella, nerviosa–. Le conté algunas ideas que tenía y ella me animó a que hablase con usted.

Ah, qué típico de Annie, pensó Duncan, irritado y sorprendido a la vez.

–Annie cree firmemente en la comunicación.

La señora Morgan tragó saliva.

–Sí, bueno, verá, soy contable y, como sabe, tenemos que hacer cursos sobre cuestiones fiscales cada año.

–Sí, claro.

–Hace poco acudí a un curso sobre depreciación y ha habido varios cambios que podrían tener un gran impacto en la empresa. Si pudiera explicárselo…

La mujer abrió una carpeta y le entregó varios documentos. Luego, mientras él los estudiaba, le explicó que no estaban aprovechando las ventajas de las nuevas clasificaciones fiscales y los pequeños cambios eran importantes cuando se trataba de una gran flota de camiones, barcos y trenes.

–El ahorro en impuestos con esta nueva exención sería una cantidad de seis cifras.

–Impresionante –murmuró Duncan–. Gracias, señora Morgan. Le agradezco mucho que se haya tomado la molestia de contármelo. Hablaré con el director administrativo y le pediré que eche un vistazo a esas nuevas exenciones.

La mujer sonrió.

–Me alegro de haber podido ayudar.

Y era cierto, podía verlo en su expresión. Él siempre había dirigido la empresa con mano de hierro y jamás había confraternizado con los empleados. Para dirigir un imperio había que aprender a tener mentalidad de gran empresa o la empresa seguiría siendo siempre pequeña.

Pero, aunque él había aprendido la lección, nunca le había gustado. Ahora, viendo a la señora Morgan recoger sus papeles, entendía los beneficios de animar a los empleados. Tal vez Annie tenía razón, tal vez debería hablar más con ellos, confiar en que hicieran lo correcto y recompensarlos si aportaban alguna idea.

—Recibirá un cheque por el diez por ciento del dinero que nos ahorremos, señora Morgan.

Ella parpadeó, sorprendida.

—¿Perdone?

—Va a ahorrarle a la empresa mucho dinero y lo más justo es que reciba una parte —dijo Duncan—. Es una nueva norma de la empresa. Quiero animar a la gente a que haga sugerencias que mejoren el negocio. Si llevamos a cabo la idea que propongan, el empleado recibirá un diez por ciento de los beneficios.

La señora Morgan se puso pálida.

—Pero el diez por ciento sería… más que el sueldo de un año entero.

Duncan se encogió de hombros.

—Entonces es un buen día de trabajo, ¿no?

—¿Está seguro?

—Por supuesto.

—Gracias, señor Patrick. Yo… no sé qué decir. Gracias. Gracias.

Cuando llegó a la puerta, Duncan estaba seguro de que iba llorando.

Sonriendo, se echó hacia atrás en la silla. Se sentía bien… como si hubiera hecho una buena acción. Tal vez era posible que lo de ser una buena persona no estuviera tan mal, pensó, irguiéndose para escribir una nota al director de Recursos Humanos pidiéndole que informase de la nueva norma a todos los empleados. Tal vez alguien en Relaciones Públicas podría también informar a la prensa… y de ese modo conseguiría que lo sacaran de la lista de los empresarios más odiados.

Después de eso, seguiría adelante con su plan de comprar las acciones del consejo de administración para quedarse como único propietario, como a él le gustaba, sin tener que darle explicaciones a nadie. Aunque mantendría la nueva normativa. No por Annie, se dijo a sí mismo. La mantendría porque era una buena idea.

Capítulo Ocho

Annie llamó a la puerta del dúplex de Duncan. Estaba más nerviosa que durante la primera cita, pero la ansiedad no tenía nada que ver con él. Iba a conocer a su único pariente, el tío Lawrence, y quería caerle bien.

Llevaba una tarta y dos películas en DVD, pero no sabía si había hecho bien. Tal vez debería haber llevado a sus primas y a Kami para que lo distrajesen…

La puerta se abrió y Annie vio a un hombre alto y atractivo con el pelo gris y los ojos iguales a los de Duncan.

–Tú debes ser Annie –sonrió–. Entra, por favor. Estaba deseando conocerte, pero Duncan insistía en tenerte para él solo. Probablemente porque sabe que se me dan bien las mujeres –Lawrence le hizo un guiño y el gesto hizo que los nervios de Annie se calmasen un poco–. ¿Huele a chocolate?

–Sí, he traído una tarta de chocolate –asintió ella–. Encantada de conocerlo, señor Patrick.

–Lo mismo digo. He oído muchas cosas buenas de ti. Mi sobrino no suele hablar bien de los demás, así que tú debes ser muy especial.

Duncan se acercó en ese momento.

–Venga, Lawrence –le dijo con un suspiro de resignación–. Espera al menos diez minutos antes de contarle a Annie todos mis defectos.

–Muy bien, pero sólo diez minutos –rió el hombre–. Duncan tiene una tele conferencia con China dentro de un rato. Tendremos tiempo de conocernos mientras él está ocupado.

–Ah, encantada.

–Genial –murmuró Duncan, con un brillo de humor en los ojos–. No te enamores de este viejo. Ha tenido décadas de práctica con las mujeres.

Annie soltó una carcajada.

–A lo mejor me interesa un hombre que sabe lo que hace.

–Ah, descarada –rió Lawrence–. Eso me gusta.

Una vez en el salón, Annie sacó uno de los dos películas que había llevado.

–No he podido resistirme a la tentación.

Lawrence miró la cubierta y soltó una carcajada.

–Lo estás animando –la regañó Duncan, burlón.

Annie dejó el DVD de *Rocky* sobre la mesa y se sentó en el sofá, con Lawrence en un sillón a su lado.

–Rocky era zurdo –dijo el tío de Duncan–. Son gente especial, muchos boxeadores no quieren saber nada de ellos porque no se ajustan a la norma. Pero un gran boxeador sabe pensar, anticiparse.

–Bueno, yo voy a preparar la conferencia –anunció Duncan entonces–. Puedes dormirte si quieres, Annie. A Lawrence le encanta hablar.

–Pienso contarle todos tus secretos –dijo él.

–No tengo la menor duda.

Lawrence apenas esperó hasta que se cerró la puerta del estudio antes de decir:

–Sé lo del acuerdo que tienes con mi sobrino, por qué estás ayudándolo.

–Ah –Annie no sabía qué decir–. Mi sobrino tenía

un problema… y ésta parecía la única manera de ayudarlo.

—No estoy diciendo que sea malo, pero no actúas como alguien que está haciendo un trabajo. ¿Tan buena actriz eres?

Ella se miró las manos antes de mirarlo de nuevo.

—No, no lo soy. Me gusta Duncan. Sé que puede parecer frío y distante, pero yo creo que no lo es. En el fondo es una buena persona.

Lawrence asintió con la cabeza.

—No es algo que vea todo el mundo. La gente cree lo que dicen los periódicos, pero hay que ser muy fuerte para convertir una simple empresa familiar en un imperio, te lo aseguro. Y Duncan lo ha hecho, ha luchado para salir de sus circunstancias.

Circunstancias. Annie no sabía mucho sobre esas circunstancias.

—Sé que lo crió usted.

—Sí, un ciego guiando a otro ciego —suspiró Lawrence—. Mi hermana era una irresponsable. Era mucho más joven que yo… fue una sorpresa para mis padres. Ellos la adoraban, pero se convirtió en una niña mimada e irresponsable. Cuando murieron se llevó la mitad del dinero y desapareció… para volver un par de años después, embarazada. No quiso decirme quién era el padre y no estoy seguro de que ella misma lo supiera. Tuvo a Duncan y volvió a marcharse. Y así fue durante los primeros doce años de su vida. Su madre iba y venía y eso le rompía el corazón.

Annie miró hacia la puerta del despacho pensando en Duncan de niño, abandonado por su madre. Eso explicaba muchas cosas.

—Cuando tenía once o doce años le dijo a mi hermana que eligiera: o se quedaba o se iba para siempre. Yo creo que esperaba que se quedase, pero ella desapareció y Duncan no volvió a mencionarla nunca. Unos años después descubrí que había muerto y se lo conté a mi sobrino. Él dijo que daba igual.

Estaba escondiendo el dolor, pensó Annie. Porque sí le importaba. Primero su madre lo había traicionado, luego Valentina. Duncan había sufrido mucho con las mujeres que deberían haberlo amado, era lógico que fuese tan distante.

—Yo fui duro con él —siguió Lawrence— porque no sabía cómo educar a un niño. Lo llevé al gimnasio conmigo, le enseñé a boxear. Pero él estaba empeñado en ir a la universidad y consiguió una beca —añadió, sin poder disimular un gesto de orgullo.

—Es una buena persona y en parte se lo debe a usted —dijo Annie.

—Eso espero. ¿Sabes que estuvo casado?

—Sí, lo sé.

—Fue un desastre. A mí nunca me gustó Valentina y me alegro de que haya desaparecido de su vida, pero ahora me preocupa que no encuentre a nadie. Necesita una familia, alguien con quien sentar la cabeza.

No era un mensaje muy sutil, pensó Annie, deseando que fuera una posibilidad.

—Duncan lo ha dejado muy claro: la nuestra es una relación de conveniencia, nada más.

—¿Y eso es lo que tú quieres?

Una simple pregunta que exigía una respuesta simple.

—No soy yo la que tiene que decidir.

—Tal vez no, pero puedes influir en su decisión.

–Me parece que da demasiado crédito a mi influencia sobre Duncan.

–Te sorprenderías.

Ojalá, pensó ella. Después de todo lo que había pasado, no sabía si Duncan estaría dispuesto a entregar su corazón y ella no aceptaría nada menos.

–Espero que algún día encuentre a alguien.

–¿Aunque eso signifique alguien que no seas tú?

–Sí, claro.

Lawrence la miró durante largo rato, muy serio.

–¿Sabes una cosa? Te creo. Y por eso espero que las cosas entre Duncan y tú salgan bien. No te rindas con mi sobrino, Annie. No es un hombre fácil, pero merece la pena.

Antes de que ella pudiera decir nada la puerta del despacho se abrió y Duncan volvió con ellos.

–¿Has terminado de contarle mis secretos? –bromeó.

–No, pero estaba en ello.

–Ah, pues me alegro de haber podido ayudar. ¿Vemos la película? –sonrió Duncan, tomando el DVD de la mesa.

–Sí, claro –Lawrence le hizo un guiño a Annie–. Mientras él lidia con esos aparatos electrónicos, deja que te cuente la vez que le gané a un zurdo. Fue en 1972, en Miami. Hacía un calor tremendo...

–Oh, no, te vas a dormir, Annie.

–No, no me importa –dijo ella–. ¿Y usted era el favorito?

Lawrence sonrió.

–Cariño, yo entonces era prácticamente un dios.

***

El lunes siguiente fueron a la inauguración de una galería en la que había una desconcertante exposición de arte moderno. Uno de los cuadros era enteramente blanco, con un punto rojo en el centro. También había una colección de cuadros negros, sencillamente eso, negros. Aparentemente, debían representar la tristeza y el hastío y, en su opinión, el artista había dado en el clavo.

El miércoles por la noche fueron a una cena benéfica con una subasta de adornos navideños pintados por personalidades famosas y Duncan compró un arbolito de madera pintado por Dolly Parton. Para Lawrence, le dijo, pero Annie se preguntó si tendría una predilección especial por la cantante.

Aquella noche tenían que acudir a una cena en el museo Getty, en Malibú. Duncan iría a buscarla a las cinco y eso significaba que debía llegar a casa a las cuatro para arreglarse. Y estaba a punto de llegar cuando sintió que se le había pinchado otra rueda.

–¡No! –gritó, golpeando el volante con las dos manos–. ¡Esta noche, no!

Aunque no se le ocurría que pudiera ser mejor en cualquier otro momento porque ella siempre iba corriendo de un lado a otro.

Annie puso el intermitente para detenerse en el arcén y salió del coche. Hacía un calor tremendo. Estaban en diciembre, pero en Los Ángeles siempre hacía calor.

Sí, se le había pinchado una de las ruedas delanteras, comprobó enseguida. Afortunadamente, tenía un gato y una rueda de repuesto en el maletero. Incluso sabía cómo cambiarla porque ya tenía práctica.

Annie miró su reloj y, dejando escapar un suspiro,

sacó el móvil del bolso. Imposible, no podría estar lista para las cinco.

–¿Puedo hablar con el señor Patrick, por favor? Soy Annie McCoy.

–Ah, sí, señorita McCoy. Le paso enseguida.

–¿Otra crisis? –le preguntó Duncan unos segundos después.

–Sí, se me ha pinchado una rueda y llegaré un poco tarde. ¿Quieres que nos veamos allí?

–Necesitas ruedas nuevas.

Annie puso los ojos en blanco.

–Evidentemente, pero ya me las compraré. He estado ahorrando y en un par de meses tendré dinero suficiente.

–El mes que viene empezará a llover, necesitarás ruedas nuevas para entonces.

Probablemente, pero por mucho que ella quisiera no ganaba más dinero cada mes. Suspirando, Annie se apartó el pelo de la cara. Llevaba semanas acostándose tarde y levantándose temprano y estaba agotada. Quince niños de cinco años la tenían corriendo todo el día y lo último que necesitaba era que Duncan le recordase algo que era obvio.

–Muchas gracias por el consejo. Mira, hace calor, estoy cansada, dime qué quieres que haga.

–Deja que te compre ruedas nuevas.

–No, gracias.

–Se supone que debes estar donde yo diga a la hora que yo diga. Si necesitas ruedas nuevas para hacer eso, tendré que comprarte ruedas nuevas.

–Eso no es parte del acuerdo –replicó Annie, enfadada–. No vas a comprarme ruedas nuevas, no vas a comprarme nada más. El congelador ya es más que suficiente.

–¿Por qué estás enfadada?

–Porque sí –contestó ella. Quería llegar a su casa y echarse una siesta, pero sobre todo no quería ser una causa benéfica para Duncan Patrick.

–Annie, ¿qué te pasa?

–Nada, nos veremos en el museo. Sé cambiar una rueda y no tardaré mucho.

Duncan se quedó callado un momento.

–Muy bien.

–Ya sé que esto es parte del acuerdo y no pienso echarme atrás, no te preocupes.

–¿Eso es lo que crees? ¿Que después de todo este tiempo sacaría a tu hermano de la clínica para meterlo en la cárcel?

–No, pero…

–Pero significa sí.

–No, es que estoy de mal humor. Hace calor y estoy agotada, en serio. Cuando me haya dado una ducha estaré mejor.

–No –dijo él–. Vete a casa y olvídate del museo. Mañana tienes la fiesta de Navidad en el colegio y debes estar descansada.

–El festival de invierno –lo corrigió ella.

–Sí, claro. Porque eso engaña a todo el mundo.

–Exactamente –el mal humor de Annie desapareció de inmediato–. Pero quiero ir a esa fiesta.

–No, vete a casa y descansa. No pasa nada.

Podría darse un baño, pensó ella. Y tomar una copa de vino.

–¿De verdad no te importa?

–De verdad. Y sobre las ruedas…

–No me obligues a pegarte la próxima vez que te vea. Tengo un gancho de izquierda que es de escándalo.

111

–Tienes un gancho de izquierda que es una vergüenza. Sería como ser golpeado por una maripo-
sa.

Probablemente era cierto, pensó Annie.

–No vas a comprarme las ruedas.

–Pero yo compro muchas ruedas para los camiones… ¿y si te las dejara a precio de empleado? De hecho, es una nueva norma de la empresa. Si a partir de
ahora ese descuento va a estar disponible para todos
los que trabajan aquí, ¿por qué no va a estarlo para
ti?

Seguramente los empleados de Industrias Patrick
agradecerían ese descuento tanto como ella…

–Cuando vea el anuncio por escrito.

–No es fácil negociar contigo.

–Me paso el día negociando con niños de cinco
años, tengo una gran habilidad.

–Ya lo veo. ¿De verdad puedes cambiar la rueda o
quieres que envíe a alguien?

–Para cuando llegase aquí ya habría terminado.
No, gracias, lo he hecho otras veces.

–Llámame cuando llegues a casa entonces.

Eso la sorprendió.

–Muy bien, lo haré.

–Hasta luego –se despidió Duncan.

–Hasta luego.

Annie guardó el móvil en el bolso y abrió el maletero para sacar la rueda de repuesto.

De repente, ya no hacía tanto calor como antes y
ya no estaba tan cansada. Duncan quería que lo lla-
mase cuando llegara a casa. Se preocupaba por ella.
Tal vez no era mucho, pero era todo lo que tenía y
pensaba agarrarse a ello con las dos manos.

***

El viernes por la noche, Annie estaba comprobando que todos los niños llevaran sus camisetas blancas con las alitas cosidas a la espalda y unos halos de cartón pintados de purpurina temblando sobre sus cabecitas. Una vez que los hubo controlado a todos, apartó la cortina que ocultaba el escenario para ver si Duncan había llegado. Algo que había estado haciendo cada cinco minutos en la última media hora.

Pero no lo vio entre el público, de modo que aún no había llegado. No importaba, se dijo a sí misma. Sólo había dicho que intentaría ir y tal vez era una manera de decir que no tenía el menor interés. Además, no estaban saliendo juntos y no tenía ninguna obligación. ¿Qué hombre querría pasar un viernes por la noche con un montón de niños?

Suspirando, se apartó de la cortina… pero chocó contra algo sólido.

Y cuando se dio la vuelta Duncan estaba a su lado.

—¡Duncan! ¿Qué haces aquí?

—Me pediste que viniera.

Annie rió, esperando no haberse puesto colorada.

—No, quiero decir aquí, detrás del escenario.

—Quería saludarte antes de que empezara la obra. Una de las mamás me está guardando el sitio.

Annie miró sus anchos hombros, destacados por el traje de chaqueta, y sus bonitos ojos grises.

—Seguro que sí.

—¿Qué?

—Nada, nada. Gracias por venir, no tenías que hacerlo.

–Quería saber si seguías enfadada.

–Nunca he estado enfadada contigo.

Duncan la miró con un brillo de burla en los ojos.

–Estás mintiendo.

–No, de verdad. Estaba cansada, nada más.

–Estabas enfadada y pegando voces en medio de la autopista.

Estaba tomándole el pelo, pensó ella. Y eso le gustaba. Cuando se conocieron jamás imaginó que fuera posible.

–Estaba perfectamente calmada y racional.

–Te estabas portando como una chica, admítelo.

–Podría darte un puñetazo ahora mismo.

–Podrías y nadie se daría cuenta, sobre todo yo –Duncan le entregó un papel–. Toma, lee esto.

Era un documento oficial de Industrias Patrick detallando la nueva normativa sobre el descuento para empleados.

–¿Vas a comprar las ruedas o no?

Annie lo miró. Mientras la ayudaba a ella, también iba a ayudar a muchas otras personas.

–Sí, lo haré –contestó, poniéndose de puntillas para darle un beso en la cara–. Te lo prometo.

Duncan la tomó por la cintura.

–Eres una pesada, ¿lo sabes?

–Sí –rió ella–. Y tú eres un dictador.

Le encantaba estar así, le encantaban su calor y su fuerza. Como siempre, estar con Duncan la hacía sentir segura.

–Tengo que volver con los niños –dijo luego, apartándose–. Llevan halos de cartón y no creo que sobrevivan mucho rato.

–Muy bien. Te veo después de la obra de Navidad.

–Festival de invierno.

–Lo que tú digas, te veo luego.

–Sí –dijo ella, suspirando mientras lo veía alejarse.

Sabía que, aunque lo hubiera conocido sólo unas semanas antes, estaba a punto de enamorarse de él. No se parecía a nadie que hubiera conocido nunca. Era mejor en todos los aspectos.

Duncan había prometido no pedirle que fueran amigos y confiaba en que cumpliera su promesa… pero también había prometido que su relación terminaría cuando terminasen las fiestas. Y sabía que también cumpliría su palabra en ese aspecto.

Desear que hubiese algo más no cambiaría nada. Duncan le había dicho una vez que, en su vida, alguien siempre ganaba y alguien siempre perdía. Y esta vez, Annie tenía la impresión de que la perdedora iba a ser ella.

El lunes por la mañana, Duncan entró en su oficina y encontró un plato de galletas sobre el escritorio. Estaban tapadas con un plástico transparente y sobre el plato había una nota que decía:

Querido señor Patrick,

Gracias por el descuento en las ruedas que anunció el viernes. Soy una madre divorciada con tres hijos y siempre me cuesta trabajo llegar a fin de mes. Hace algún tiempo que necesitaba cambiar las ruedas de mi coche y, sencillamente, no podía permitírmelo, pero el descuento significa que podré llevar a mis hijos en un coche más seguro.

Siempre me ha gustado ser empleada de Industrias Pa-

trick. Gracias por darme otra razón para estar orgullosa de mi lugar de trabajo.

Que tenga unas felices fiestas.
Atentamente,
Natalie Jones,
Departamento de Contabilidad

Duncan no sabía quién era o cuánto tiempo llevaba trabajando para la empresa. Sonriendo, quitó el plástico de las galletas y tomó una. De chocolate, su favoritas.

Luego se acercó a la ventana que daba al patio en el centro del edificio. Podía ver a la gente entrando para empezar la semana laboral, gente a la que nunca se había molestado en conocer.

Diez años antes habría sabido el nombre de cada uno de sus empleados. Entonces trabajaba veinticuatro horas al día, intentando que la empresa diera beneficios y ampliarla en lo posible. Durante los últimos años había tenido relación con sus jefes de departamento y su secretaria, nadie más. No tenía tiempo.

¿Quiénes eran esas personas que trabajaban para él? ¿Por qué habían elegido Industrias Patrick y no otra empresa? ¿Les gustaban sus trabajos? ¿Debería eso importarle?

Duncan miró la nota y el plato de galletas.

Annie sería un desastre como jefa, regalando más de lo que la empresa ganaba, pero tal vez había llegado el momento de salir de los confines de su despacho y recordar cómo era conocer a los empleados, escuchar en lugar de dar órdenes, pedir en lugar de exigir.

Tal vez había llegado el momento de dejar de ser el empresario más odiado del país.

Capítulo Nueve

Duncan nunca había disfrutado en las reuniones del consejo de administración, pero aquel día era peor que nunca. No porque hubiera quejas, eso podía manejarlo, sino por cómo le sonreían todos. Sonriendo de verdad, como si estuvieran orgullosos de él. ¿Qué demonios estaba pasando allí?

–Los dos últimos artículos sobre ti han sido excelentes –dijo su tío–. Muy positivos.

–Estoy haciendo lo que acordamos que haría.

–Este periodista… –uno de los miembros del consejo se puso las gafas de leer– Charles Patterson, parece pensar que has tenido una revelación. ¿Quién es Annie McCoy?

–La chica con la que Duncan está saliendo –contestó su tío por él.

Los demás miembros del consejo lo miraron.

–Dijisteis que buscase una buena chica y eso es lo que he hecho. Es profesora de primaria y muy guapa. Creo que Charles se ha quedado prendado de ella.

–Bien hecho –lo felicitó uno de los miembros de más edad–. Deberías traerla un día para presentárnosla.

–No hace falta –respondió Duncan, pensando que lo último que necesitaba Annie era un montón de viejos intentando coquetear con ella.

–Annie es especial –dijo Lawrence–. Y a Duncan le ha sentado muy bien salir con ella.

Su sobrino lo fulminó con la mirada.

–Estamos saliendo juntos hasta que terminen las fiestas, de modo que es un acuerdo de conveniencia. Me pedisteis que buscase una buena chica y lo he hecho, no penséis que es nada más.

–A mí no me parece que sea sólo eso –insistió su tío.

–Las apariencias engañan a veces.

No pensaba contarle a su tío, ni a los miembros del consejo, que también él pensaba que Annie era especial. No tenían por qué saber que se había hecho un hueco en su vida y, lo más curioso, que no lo había hecho a propósito. Pero, fueran cuales fueran sus sentimientos por ella, cuando terminasen las fiestas, también terminaría su relación.

Cuando la reunión terminó, Duncan se quedó en la sala de conferencias esperando que los miembros del consejo se marchasen.

–¿Has dicho en serio lo de cortar con Annie cuando terminen las fiestas? –le preguntó su tío.

–Por supuesto.

–Os he visto juntos, Duncan. Esa chica te gusta, deberías casarte con ella.

Él negó con la cabeza.

–Ya estuve casado una vez.

–Con la mujer equivocada, sí. No sé qué quería Valentina, pero sé que no era a ti ni un matrimonio de verdad. Annie es diferente, Duncan. Es la clase de chica con la que uno se casa.

¿Y eso lo decía un hombre que había estado casado cinco veces?

–¿Cómo lo sabes?

118

–He vivido más que tú. He visto cosas, he cometido errores. Y hay pocas cosas que uno lamente más que saber que has dejado escapar a la mujer de tus sueños. Tú siempre has sido más listo que yo en casi todo, no seas un idiota ahora.

–Gracias por el consejo –murmuró Duncan, levantándose.

–Pero no vas a hacerme caso.

–He hecho lo que me pedía el consejo. Eso es todo lo que pienso hacer.

Lawrence lo miró durante largo rato.

–No todo el mundo va a dejarte, Duncan.

Él sabía que su tío estaba equivocado. Casi todas las personas que le habían importado en la vida lo habían dejado. Por eso había aprendido que era mejor no encariñarse con nadie. Más seguro.

–Annie no es de las que se van. Mira su vida...

–¿Qué sabes tú de ella?

–Lo que tú me has contado: vive con sus primas, cuida de ellas… las ayuda a pagar su educación. Y aceptó salir contigo para que su hermano no fuera a la cárcel. No es una persona que se rinda fácilmente.

Cierto, pensó Duncan. Annie era una persona seria, responsable.

–Lo de su hermano es diferente.

–No lo es y tú lo sabes. Annie te da pánico porque con ella todo es posible –suspiró Lawrence–. No dejes que lo que pasó con Valentina destroce tu vida. No vivas lamentando haberla dejado escapar, los remordimientos te comerán vivo.

–No pasará nada de eso.

–Muy bien, puedes intentar convencerte a ti mismo si quieres, pero no es verdad. Annie es lo mejor que te ha pasado, hijo.

–Annie aceptó salir conmigo para salvar a su hermano, no tiene nada que ver conmigo.

–Tal vez al principio no, pero ahora sí. Se está enamorando de ti, Duncan. Tal vez ya lo está. Y estas cosas no ocurren a menudo, yo lo sé muy bien.

Después de eso, Lawrence salió de la sala de juntas y Duncan se quedó a solas, pensativo. ¿Lamentaría dejarla escapar?, se preguntaba.

La verdad era que su tío tenía razón, Annie le daba pánico. Con ella había posibilidades, muchas posibilidades.

Pero él ya le había entregado su corazón a una persona y había un sido un tremendo error. El amor era una ilusión, una palabra que las mujeres usaban para utilizar a los hombres. Tal vez Annie era diferente, pero no sabía si quería arriesgarse.

A pesar de llevar tres días trabajando casi sin parar, Duncan no podía olvidar las palabras de su tío. Y no podía dejar de pensar en Annie.

Arriesgarse en el amor era algo que se había prometido no volver a hacer y, sin embargo, sentía la tentación de hacerlo. Era la única explicación para que estuviera en unos grandes almacenes una semana antes de Navidad, abriéndose paso entre la gente y buscando un regalo para sus primas y para Kami.

Debería haberle pedido a su secretaria que lo hiciera. ¿Cómo iba a saber él lo que querían unas universitarias?

Estaba a punto de marcharse cuando vio un cartel que

decía: *Todas las mujeres adoran el cachemir.* Y en el escaparate había un montón de jerséis de diferentes colores.

–¿Quiere comprar algo para su mujer o su novia? –le preguntó la dependienta.

–Para sus primas –contestó él–. Y para una amiga. Están en la universidad y no sé si les gustaría un jersey de cachemir…

–A una mujer siempre le gusta recibir un jersey de cachemir. ¿Sabe la talla?

–Pues… no, no la sé –Duncan señaló a una joven que estaba en la tienda–. Más o menos como esa chica.

–Muy bien. ¿De qué colores?

–Necesito tres… de distintos colores. Pero elíjalos usted misma.

–¿Quiere que los envuelva en papel de regalo?

–Sí, por favor.

–Déme diez minutos y lo tendré todo preparado. Mientras tanto, puede tomar un café en el bar, ahí, al lado de la zapatería.

Duncan se dirigía hacia allí, pero se detuvo frente a una tienda de árboles de Navidad. Eran pequeños, de poco más de medio metro, con lucecitas y adornos en miniatura. El que llamó su atención estaba decorado en blanco y dorado, con docenas de angelitos.

Todos eran rubios, de aspecto inocente y ojos grandes. Y, por alguna razón, le recordaron a Annie.

Sin pensarlo dos veces, Duncan entró en la tienda y se acercó al mostrador.

Annie miró ansiosamente la caja de galletas que iba sobre el asiento del pasajero. A pesar de que había frenado bruscamente en un semáforo, la caja no se había movido. Normalmente era una conductora muy prudente, pero aquella noche no parecía capaz de controlar los nervios. Tal vez porque Duncan la había sorprendido con la invitación de que «pasara por su casa para tomar algo».

Llevaban cuatro días sin verse porque no habían tenido que acudir a ninguna fiesta. Aunque a partir del jueves tendrían que acudir a una diaria hasta Nochebuena. Cuando vio el calendario le había parecido estupendo tener unos días libres, pero la verdad era que lo echaba de menos. Esos cuatro días y cuatro noches le parecían eternos.

Y entonces Duncan la llamó para invitarla a pasar por su casa.

¿Por qué?

Annie quería que la echase de menos, pero no había ninguna razón para pensar que su relación hubiera cambiado... al menos por parte de Duncan. Ella, corría el peligro de enamorarse locamente de él.

Algo muy lógico, además; Duncan era guapo, inteligente, divertido, considerado. ¿Cómo no iba a enamorarse?

Pero debía ser sensata. Enamorarse era algo inevitable, pero no iba a dejarse llevar por los sentimientos. Cuando aquello terminase su orgullo podría ser lo único que quedara intacto; tenía que recordar eso.

Después de tomar el ascensor hasta el dúplex llamó al timbre y Duncan abrió enseguida.

–Gracias por venir –le dijo, en sus ojos había un brillo de deseo que la hizo temblar.

–Gracias por invitarme –Annie le ofreció la caja de galletas–. Las he hecho yo. No sé si te gusta el chocolate. Si no, puedes llevarla a tu oficina y...

En lugar de tomar la caja, Duncan cerró la puerta y buscó sus labios urgentemente.

Y Annie se agarró a él cuando el mundo empezó a dar vueltas. Sólo existía Duncan. Sabía que estaba excitado porque su erección rozaba su bajo vientre, pero consiguió dejar la caja sobre una mesa y tirar su bolso antes de echarle los brazos al cuello.

Sus lenguas bailaban, tocándose, jugando a un juego erótico que la volvía loca. Duncan la tomó en brazos para llevarla al dormitorio y una vez allí la dejó suavemente en el suelo. Pero, en lugar de tumbarla sobre la cama, la tomó por los hombros para que se diera la vuelta…

Y Annie se quedó helada.

Sobre la cómoda había un árbol de Navidad con las lucecitas encendidas. Y hasta tenía un angelito en la punta.

—Pensé que no querías tener un árbol.

—Ya, pero es que lo vi y pensé en ti.

Esas palabras, susurradas en su oído, hicieron que los ojos de Annie se empañaran. Pero, diciéndose a sí misma que él no agradecería tanta emotividad, hizo lo que pudo para contener las lágrimas.

Aunque estaba emocionada. No sólo de deseo, sino de amor. No podía escapar a la verdad. Amaba a Duncan con todo su corazón. Pasara lo que pasara, terminase como terminase aquella relación, estaba enamorada de él.

Nunca había sentido algo tan poderoso y tendría que hacer un enorme esfuerzo para olvidarse de él porque, por mucho que quisiera creer que lo suyo iba a funcionar, debía ser realista. ¿Duncan y ella… en qué planeta?

Pero por el momento era suyo y estaba decidida a aprovechar la situación. No podía decirle lo que sentía, pero podía demostrárselo, pensó, mientras acariciaba sus poderosos brazos.

Cuando levantó su jersey para pasar los dedos por su torso, él entendió la pista y se lo quitó de inmediato, dejándolo caer al suelo. Annie se inclinó para apoyar los labios sobre su pecho…

Durante un segundo Duncan se mostró pasivo, aceptando sus caricias. Pero después levantó su cara con las manos para besarla mientras tiraba de ella hacia la cama. Cayeron sobre ella abrazándose y riendo, intentando quitarse la ropa el uno al otro.

El sujetador salió volando y los vaqueros siguieron el mismo camino. Annie apenas tuvo tiempo de ver que sus calzoncillos habían desaparecido cuando Duncan puso una mano en su estómago y, después de un segundo de vacilación, la deslizó hacia abajo para tirar del elástico de las braguitas. Cuando se libró de la prenda acarició el interior de sus muslos, acercándose cada vez más a la tierra prometida, pero sin tocarla. Annie contenía el aliento, desesperada, dispuesta a hacer lo que fuera para que la acariciase allí.

Pero, por fin, cuando Duncan tocó el diminuto centro de placer, un escalofrío la recorrió de arriba abajo. Despacio al principio, sin presionar demasiado, empezó a hacer círculos con el dedo mientras Annie levantaba las caderas al mismo ritmo. No había nada más, sólo él y cómo la hacía sentir. Cada vez estaba más cerca hasta que la caída era inevitable…

Quedó como suspendida por un momento, experimentando un intenso placer, temblando y jadeando hasta que las olas de placer terminaron.

Cuando abrió los ojos, Duncan estaba mirándola y sus ojos grises parecían ver dentro de su alma. Annie sonrió antes de besarlo.

–Gracias. Ha estado... bien.

Él enarcó las cejas.

–¿Bien?

–Sí, bueno, ha sido maravilloso.

–Estás destrozando mi ego.

Annie alargó una mano para acariciar su erección.

–Tu ego está perfectamente. Deberíamos aprovecharnos.

–Si insistes...

–Insisto.

En cuestión de segundos se había puesto un preservativo y se colocaba entre sus piernas, mientras ella se movía para acomodarlo.

La llenó con una precisa embestida y Annie sintió que la ensanchaba mientras empujaba, al principio despacio, luego cada vez con más pasión. El placer endurecía sus facciones y podía ver las venas marcadas de su cuello...

Annie cerró los ojos para concentrarse en él y en lo que estaba sintiendo. Tanto que al principio apenas notó la presión en su interior, el instinto de moverse hacia él para incrementar la fricción. Pero pronto ese deseo se volvió frenético y se encontró apretando su espalda, esperando que empujase más rápido, más profundo, más fuerte.

Cuando abrió los ojos encontró a Duncan mirándola y no pudo controlarse. Aquél no era un encuentro silencioso, aburrido, era una locura. Annie se agarró a sus brazos, levantando las caderas con cada embestida, jadeando porque no podía llevar aire a sus pulmones. Su cuerpo no parecía ser suyo y una fuerza que ni entendía ni controlaba parecía empujarla…

El orgasmo la pilló por sorpresa. Un segundo antes hacía lo que podía para encontrar aire y, de repente, se veía envuelta en una ola de placer que la hizo arquear la espalda y gritar como no lo había hecho nunca. Poco después, Duncan dejó escapar un gemido ronco y cayó sobre ella, convulso y agotado.

Cuando terminaron, Annie supo que nada volvería a ser lo mismo. Ella nunca sería la misma. Podría no estar con Duncan, pero nunca aceptaría nada menos que amar a alguien con todo su corazón. Eso era lo que le había faltado antes, pensó. Auténtico amor, auténtica pasión, una combinación explosiva.

Más tarde, con la cabeza apoyada sobre su hombro y el brazo de Duncan sobre su cintura, Annie cerró los ojos. Quería recordar todo lo que había pasado para recordarlo en detalle.

–¿Te has dormido? –le preguntó él.

–No, estaba… pensando. Hacer el amor contigo es maravilloso.

–Ah, «maravilloso» me gusta mucho más que «bien».

Annie sonrió, abriendo los ojos.

–No quería decir eso.

–¿Qué querías decir entonces?

–Mis otros novios no eran como tú. O a lo mejor era yo, pero nunca había sentido… bueno, no era lo mismo.

Duncan frunció el ceño.

–¿Por qué no? No me malinterpretes, pero contigo es fácil.

Annie se sentó en la cama, tapándose con la sábana. ¿Fácil? Ella pensando en amor y romance y él decía que era «fácil».

–No, lo retiro –dijo Duncan entonces, sentándose también–. Debería haber dicho que respondes muy fácilmente. He estado con mujeres a las que les cotaba trabajo llegar al orgasmo, pero tú no eres una de ellas y eso es bueno. Que seas así es el mejor halago para un hombre.

–Ah, menos mal.

–¿No era así con tus otros novios?

–No, el sexo era… bueno, no muy interesante.

Y no había estado realmente enamorada de ellos, se daba cuenta ahora.

–¿Nada de fuegos artificiales?

–Nada en absoluto. Me gustaba, pero nunca entendía por qué todo el mundo hablaba de ello como si fuera algo increíble.

Duncan colocó un almohadón en su espalda.

–Háblame de esos novios.

–No hay mucho que contar. Conocí a Ron en la universidad, donde estaba estudiando ingeniería, y creo que, como yo, era primerizo.

–Y no te hacía feliz.

–Sí era feliz. Bueno, en realidad no sabía qué esperar. Ron era divertido e inteligente y lo pasábamos bien juntos. Yo pensé que todo era perfecto.

Ron y ella habían salido juntos durante casi tres años. Había crcído cstar cnamorada de él y pensó que Ron sentía lo mismo.

–Pero al principio del último año rompió conmigo –siguió–. Me dijo que había conocido a otra persona, que no quería hacerme daño… y que deberíamos seguir siendo amigos –Annie arrugó la nariz–. Pero yo no quise volver a verlo.

–¿Y con el otro novio?

–A.J –suspiró Annie–. Era el ayudante del rector de mi facultad. Lo conocí el primer día y empezamos a salir juntos enseguida.

Duncan quería tener la información, pero no le gustaba oír hablar de los otros hombres de su vida. El hecho de que las relaciones hubiera terminado mal no cambiaba eso. En realidad, quería encontrar a Ron y A.J. y darles una paliza. ¿Cómo se atrevían a hacerle daño a Annie? Él la querría para sí mismo...

Hasta que terminasen las navidades, pensó.

–A.J. también era inteligente y divertido, no sé, era como si estuviéramos destinados a estar juntos. Incluso hablamos de casarnos.

–¿Y qué pasó?

–Mientras yo soñaba con una gran boda, a él le ofrecieron un puesto en la universidad de Baltimore y decidimos seguir la relación a distancia, pero unos meses más tarde me dijo que, aunque no había nadie más, no quería seguir saliendo conmigo. Y, por supuesto también quería que siguiéramos siendo amigos –Annie respiró profundamente–. Nunca supe qué había pasado.

–Mejor cortar antes de irte a vivir con él, ¿no?

–No hubiera vivido con él antes de casarme.

–Pero te acostabas con él –dijo Duncan, con el ceño fruncido.

–Eso es diferente, es privado. Vivir con alguien normalmente no lo es. Yo soy profesora y tengo que dar ejemplo.

Diez minutos antes había estado gritando entre

sus brazos, pensó Duncan, intentando disimular una sonrisa. Annie era una chica muy interesante y llena de contradicciones.

–Pero no habrás dejado de buscar a tu alma gemela, ¿verdad?

–No, algún día la encontraré –sonrió ella–. Quiero casarme y tener hijos, quiero hacerme mayor con un marido que sea mi amigo y mi amante, quiero cuidar de él y que él cuide de mí. Todo eso es demasiado tradicional para ti, ¿verdad?

–Sé que a ti te gustan las tradiciones.

–Pero tú no crees en ellas.

–He comprado un árbol de Navidad, eso es tradicional.

–Por lo menos es un principio.

Duncan sintió que ella necesitaba más, que quería que le hiciese alguna promesa. Pero no podía. Lo había intentado una vez, había confiado en Valentina y ella le había roto el corazón.

Annie no podía ser más diferente a su ex. Si la hubiera conocido antes… pero no era así. Y ser lo que ella necesitaba, lo que ella se merecía, era imposible. Además, el acuerdo no había cambiado. Cuando terminasen las fiestas se marcharía… y no le pediría que siguieran siendo amigos.

–¿Por qué caminas así? –le preguntó Duncan–. Relájate.

–No puedo –murmuró Annie, intentando parecer despreocupada pero incapaz de respirar.

No era el vestido de noche lo que la impedía respirar ni los zapatos con diez centímetros de tacón sino el peso del collar y los pendientes. No, no el peso sino su valor.

Annie tocó el diamante que colgaba de su cuello. Ella no sabía mucho sobre joyas, pero era la piedra más grande que había visto nunca. Estaba rodeada de otros diamantes más pequeños y colgaba de una cadena de platino con pendientes a juego.

Las joyas habían sido enviadas a su casa con un fornido guardia de seguridad que había obligado a Duncan a firmar varios documentos oficiales antes de darle las cajas de terciopelo.

—Están asegurados, ¿verdad? Si alguien me los robase o se rompiera el engarce…

Duncan suspiró.

—Pedí las joyas porque pensé que te gustarían. No quería que te pusieras tan nerviosa.

—Dime que no valen millones de dólares y me relajaré.

Él le guiñó un ojo.

—No valen millones de dólares.

—Estás mintiendo.

—¿Yo? ¿Cómo puedes decir eso?

Mejor no saberlo, pensó ella mientras entraban en el elegante salón del hotel. Muy bien, llevaría los diamantes y se alegraría de que Duncan hubiera tenido ese detalle. En cuanto se le pasaran las ganas de vomitar estaría contenta.

En la fiesta había más de doscientas personas y, aunque no solía beber alcohol, tal vez aquella noche le iría bien una copa de vino. Además, un poco de vino haría que la idea de llevar esos carísimos diamantes fuese menos aterradora.

—Mira, hay una pista de baile.

–Pensé que bailar te pondría más nerviosa.

–No, ya no.

Sus ojos se encontraron entonces. Annie no sabía lo que estaba pensando, pero ella recordaba la última vez que hicieron el amor, cuando la hizo sentir cosas que no había esperado sentir nunca. Cuando había aceptado el hecho de que estaba totalmente enamorada de él.

En la mirada de Duncan había fuego y sintió la respuesta en su bajo vientre…

–No tenemos que quedarnos mucho tiempo –dijo él entonces.

–¿Estás seguro? Pensé que estaríamos aquí tres o cuatro horas, por lo menos.

–Quince minutos máximo –sonrió Duncan, atrayéndola hacia sí–. O podríamos subir a una de las habitaciones, tienen jacuzzi.

–¿Y cómo sabes tú eso?

–¿Duncan?

La persona que lo llamaba tenía una voz ronca, sexy… la clase de voz que se escuchaba en la radio. Annie se volvió para ver a una mujer increíblemente alta, guapísima, con un vestido negro muy sexy. Estaba sonriendo, sus ojos azules brillando de alegría.

–Cuánto me alegro de verte. Te he echado mucho de menos.

Duncan se puso tenso.

–¿Qué demonios haces aquí?

–He venido a verte –siguió sonriendo la mujer, mirando a Annie–. ¿Vas a presentarme a tu amiga?

Él vaciló durante un segundo.

–Annie, te presento a Valentina, mi ex mujer.

131

Capítulo Diez

Después de convencer a Annie para que le dejara unos minutos a solas, Duncan estaba en un saloncito privado, de brazos cruzados, mirando a la mujer con la que una vez había querido pasar el resto de su vida. Valentina estaba inmóvil, mirándolo a su vez, con una sonrisa en los labios.

–Estás muy guapo. El tiempo es un asco… siempre es más amable con los hombres que con las mujeres.

–¿Por qué has venido? –le preguntó él bruscamente–. Y no me cuentes historias.

Pero Valentina no pareció asustarse, al contrario.

–No hay manera de engañarte, Duncan. Mi error fue pensar que podría reemplazarte.

–¿Quieres decir que podrías encontrar a otro mejor? Porque ése era el objetivo, ¿no?

–Bueno, supongo que sí. Volví a casarme, si eso es lo que estás preguntando. Eric era encantador, fácil de llevar –Valentina arrugó la nariz–. Aburrido. Pensé que ser rica era lo más importante del mundo, que me sentiría segura, pero estaba equivocada.

–Gracias por la información –dijo él–, pero tengo que volver a la fiesta.

–Espera, Duncan. ¿No te alegras un poco de verme?

Duncan miró esos ojos de gata y esos labios que lo habían llevado de cero a cien en menos de un segundo.

Cuando lo dejó se había sentido desolado y había jurado vengarse. Entonces había entendido la furia de un hombre que deseaba tener a una mujer para él solo. Y cuando la rabia cesó, se sintió humillado. Saber que lo había traicionado, que lo había tratado como a un tonto, lo había mantenido despierto por las noches.

La había amado una vez. Valentina había prometido amarlo para siempre y él la creyó. Con el tiempo, había aceptado que sólo había sido un medio para llegar a un fin y, con el tiempo, el dolor desapareció.

Aunque la herida no había curado del todo.

Unos días después de que lo dejase, su tío le había dicho que lo contrario del odio era la indiferencia y ahora, mirando a la mujer con la que se había casado, sabía que era verdad.

—No me importas lo suficiente como para sentir nada.

—Vaya, veo que eres muy sincero. ¿Entonces no me has echado de menos?

Duncan pensó en esas largas noches en las que no podía dormir. Hubiera vendido su alma por tenerla de nuevo entonces. Menos mal que el demonio debía estar ocupado en ese momento.

—Te quise —le dijo—. Que me dejases me dolió mucho. ¿Y qué? Eso fue hace tres años, Valentina. He seguido adelante con mi vida.

—Ojalá yo pudiera decir lo mismo, pero no es así. Sé que me equivoqué y sé que tendré que volver a ganarme tu confianza, por eso estoy aquí. Te quiero, Duncan. Nunca he dejado de hacerlo y quiero que me des otra oportunidad.

Duncan escuchó la pregunta y esperó. ¿Quería volver con ella? ¿Las viejas cicatrices seguían abiertas?

No, pensó, aliviado. No había nada. Ni una gota de anhelo o curiosidad. Valentina no era más que alguien a quien había conocido una vez.

–Lo siento, pero no estoy interesado.

Annie iba sentada a su lado en el coche. Duncan había vuelto diez minutos después de hablar con Valentina y le había dicho que tenían que irse.

No había vuelto a decir una palabra y ahora, sabiendo que la llevaba a su casa, Annie se resignó a una breve despedida.

–Gracias por dejarme estas joyas –le dijo, por hablar de algo.

–De nada. Siento que no hayamos podido quedarnos más tiempo. Pero cuando Valentina apareció… en fin, digamos que había ido para causar problemas.

Lo que realmente Annie quería preguntar era qué le había dicho, pero no tenía valor para hacerlo.

–¿Cómo lo sabes? –le preguntó, en cambio.

–Porque ella es así. No sabía si montaría una escena, así que marcharse me ha parecido lo mejor. No quería involucrarte a ti.

–Te lo agradezco –Annie se aclaró la garganta–. Supongo que ha sido una sorpresa verla después de tanto tiempo, ¿no?

–Podría haber pasado más tiempo sin volver a verla, me da exactamente igual. Valentina quiere algo y no parará hasta que haya hecho todo lo posible para conseguirlo.

¿Quería algo? ¿Se refería a dinero o al propio Duncan? Annie se dijo a sí misma que debería ser lo bastante madura como para alegrarse si Duncan y Valentina retomaban su relación. Al fin y al cabo, habían estado casados una vez. Pero el dolor que sentía en el pecho al imaginarlos juntos traicionaba ese razonamiento.

Duncan detuvo el coche frente a su casa.

—La fiesta de mañana será más agradable, más pequeña. Vendré a buscarte a las seis y media.

Apenas la miró mientras hablaba e, intentando disimular su desilusión, Annie se obligó a sí misma a sonreír mientras salía del coche.

—Buenas noches, Duncan. Hasta mañana.

—Hasta mañana.

Apenas tuvo tiempo de cerrar la puerta cuando él arrancó de nuevo a toda velocidad, dejándola en la acera, atónita.

Annie se preguntó si volvería a la fiesta para estar con Valentina… aunque daba igual. Ella no podría cambiar el pasado que habían compartido. Un pasado que, casi con toda seguridad, tendría un gran impacto en su presente.

—Muy bien, de modo que ser propietario de un banco es aún mejor de lo que yo había pensado —estaba diciendo Annie al día siguiente, mientras Duncan aparcaba frente a una enorme mansión en Beverly Hills—. ¿Los banqueros no han sufrido un duro golpe con la crisis de los últimos años?

—No todos.

Habían pasado casi veinticuatro horas desde que Duncan la dejó en su casa la noche anterior y Annie se había pasado veinte de ellas intentando conven-

cerse de que, aunque no todo estuviera bien, ella podría fingir que así era. Duncan se había portado de
manera normal cuando fue a buscarla, de modo que
tal vez la noche anterior había sido un mal sueño,
algo que desaparecería con la luz del día.

Un mayordomo uniformado les abrió la puerta y
los acompañó hasta un enorme salón con una chimenea gigantesca. A la izquierda estaba el bar, delante de ellos cuatro puertas francesas que daban al
jardín.

–El bufé está instalado fuera –les informó–. La
zona tiene calefacción, de modo que estarán muy có-
modos.

Duncan le dio las gracias y Annie esperó hasta que
se alejó para decir:

–De modo que ésa es la razón por la que en Los
Ángeles hace calor hasta en invierno. Tienen calefacción en todos los jardines.

Riendo, Duncan le pasó un brazo por los hombros. Pero, de repente, Annie notó que se ponía tenso. Y supo, sin darse la vuelta, cuál era la razón.

–Duncan…

Él tocó su mejilla con una mano.

–Da igual.

Pero un segundo después Annie sabía que no
daba igual.

Valentina estaba en la puerta del jardín, mirando
a Duncan. Afortunadamente, se limitó a saludarlo con
la cabeza antes de mezclarse con el resto de los invitados.

–¿Quieres que nos vayamos? –le preguntó él.

–No, no, ¿por qué?

¿Qué otra cosa podía decir? ¿Que Valentina le daba

pánico? ¿Que creía que Duncan seguía enamorado de su ex mujer? ¿Que siempre había sabido que no había ninguna oportunidad para ella?

Lo único que podía hacer era rezar para que Duncan recordase su promesa de no pedirle que fueran amigos.

Tal vez el problema no era Valentina, pensó entonces. Tal vez era ella. Tal vez debería aprender a exigir más.

El tiempo parecía haberse detenido y Annie hacía lo que podía para no mirar el reloj cada cinco minutos. La fiesta era tan reducida que tenían que quedarse al menos durante un par de horas y, por el momento, se habían quedado dentro mientras Valentina estaba fuera, en el jardín. Pero se preguntó si eso duraría toda la fiesta.

Cuando Duncan empezó a hablar con alguien sobre la subida del petróleo Annie se excusó para ir al lavabo. Era tan bonito como el resto de la casa, con una encimera de mármol italiano y docenas de caros jabones, crema de manos y gruesas toallitas del mejor algodón. Después de lavarse las manos, abrió la puerta y salió al pasillo… donde se encontró con Valentina, que parecía estar esperándola.

La ex de Duncan llevaba un pantalón negro y un top de color crema que resbalaba sensualmente por uno de sus hombros. Era alta, delgada y preciosa, con el pelo largo y liso que Annie siempre había envidiado.

–Hola –dijo Valentina, levantando la copa de martini que llevaba en la mano–. Tú eres la novia de Duncan, ¿verdad?

–Sí.

–¿Lleváis mucho tiempo saliendo juntos?

–Nos conocimos en septiembre –dijo Annie, esperando que no se le notaran los nervios–. Yo… se me había pinchado una rueda y Duncan se detuvo para ayudarme.

–¿Ah, sí? Qué raro. Eres profesora, ¿verdad?

–Sí, de primaria.

–A ver si lo adivino, eres dulce y amable. Acoges a perros abandonados y huérfanos.

Annie se daba cuenta de que la otra mujer estaba tensa, pero no sabía por qué.

–Si me perdonas…

–Espera, por favor –la interrumpió Valentina, dejando su copa sobre una mesita y respirando profundamente–. No sé cómo están las cosas entre vosotros y sé que no es asunto mío. Hace tiempo que perdí el derecho de meterme en los asuntos de Duncan… y es culpa mía porque fui una tonta. Pensé que encontraría algo mejor y me equivoqué. Duncan no es sólo el mejor hombre que he conocido nunca sino que… nunca he dejado de quererlo.

Los ojos de Valentina se llenaron de lágrimas y una de ellas rodó por su mejilla, pero la apartó con la mano, impaciente.

–Quiero una segunda oportunidad con él. Sé que es prácticamente imposible porque Duncan no va a perdonarme tan fácilmente, pero debo intentarlo. ¿Tú has estado enamorada alguna vez? ¿Has sentido alguna vez que has encontrado al único hombre del planeta que te hace feliz?

Annie asintió con la cabeza. Le gustaría haber dicho que el amor no era encontrar a alguien que «te hiciera feliz» sino alguien a quien tú hicieras feliz también, pero no era el momento.

–Lo quiero –insistió Valentina–. Antes, cuando estábamos juntos, siempre mantenía una parte de él para sí mismo, sin compartirla conmigo. Yo creo que tiene algo que ver con su pasado, pero ahora lo entiendo. Merece la pena esperar por Duncan, merece la pena luchar por él. Yo cometí un error y he pagado un precio muy alto por ello, pero es mi marido. Para mí siempre será mi marido y quiero otra oportunidad con él. ¿Lo entiendes?

Annie volvió a asentir con la cabeza porque hablar le dolería demasiado. Valentina había dicho las únicas palabras que podían convencerla para que se rindiera. No iba a interponerse entre los dos. Si tenía éxito, tal vez Duncan olvidaría su miedo a ser abandonado, tal vez aprendería a amar otra vez.

Mejor Valentina que nadie, se dijo a sí misma. Y, con el tiempo, tal vez ella lo creería también.

Las tiendas estaban cerradas a las doce de la noche, pero Internet siempre estaba abierto. Annie buscó la página y miró el retrato una vez más. Era pequeño, de unos veinte por veinte centímetros, con un marco negro. El artista, un famoso pintor deportivo, había elegido el boxeo como tema.

Los colores eran vívidos, las expresiones fieras. Había algo en la manera en que se miraban los dos hombres que le recordaba a Duncan.

–¿Qué haces levantada a estas horas?

Annie sonrió a Kami, que la miraba con cara soñolienta desde la puerta.

–Vete a dormir. Es tarde y mañana tienes clase.

–Pero he visto la luz de tu habitación encendida.

–Ah, perdona, ¿te molesta?

–No, no –suspiró Kami, sentándose al borde de la cama–. Es que estoy preocupada por ti. Estabas muy rara cuando volviste a casa esta noche. ¿Te encuentras mal? ¿Duncan te ha hecho algo?

–Duncan va a volver con su ex mujer.

–¿Ah, sí?

–Bueno, la verdad es que aún no ha pasado, pero seguramente pasará y yo no voy a ponerme en medio –suspiró Annie.

Kami sacudió la cabeza.

–No sale contigo sólo porque tenga que hacerlo. Ya no. Ha conseguido lo que quería hace semanas. Además, ¿qué pasa con el congelador que te regaló? ¿Y los regalos?

Unos días antes había llegado una caja con regalos para las chicas. No había nada para ella. Entonces había pensado que se lo daría en persona el día de Navidad, pero ya no estaba tan segura.

–Valentina sigue enamorada de él.

–¿Y qué? Ella lo dejó, ¿no? Ella tuvo su oportunidad, ahora es la tuya.

–Mira, agradezco mucho tu apoyo, pero merecen una segunda oportunidad.

–¿Y tú qué? Sé que estás enamorada de Duncan.

–Ya se me pasará –dijo Annie, pulsando el botón de compra mientras intentaba olvidar el precio del cuadrito. Quería regalarle a Duncan algo especial, algo que lo hiciera feliz.

–Deberías decirle que lo quieres –insistió Kami–. Para que sepa lo que hay.

Annie consiguió sonreír.

–No va a comprar un coche, no tiene que hacer comparaciones.

–A lo mejor alguien tiene que recordarle qué es lo importante. Tú eres lo mejor que le ha pasado en su vida y si no se da cuenta es un idiota.

–¿También debería decirle eso?

–¡Desde luego!

Annie llegó a la oficina de Duncan poco después de las cuatro. Había llamado para pedir cita porque quería asegurarse de que estuviera allí. Supuestamente, tenían que salir juntos esa noche, pero no la necesitaría para más fiestas porque su reputación había sido salvada y seguramente tenía cosas más importantes que hacer. Como seguir adelante con su vida, por ejemplo.

Annie llevaba todo el día diciéndose a sí misma que estaba haciendo lo que debía, que amar a Duncan significaba querer lo mejor para él, que debía ser fuerte. Perder a Ron y A.J. no había sido tan importante. Se había recuperado en cuestión de semanas. Pero perder a Duncan era diferente. Se había enamorado de él por completo.

La secretaria de Duncan le abrió a la puerta y, en cuanto entró en el despacho, él colgó el teléfono.

–¿Por qué has pedido una cita? –le preguntó, con una sonrisa en los labios–. Tenía que ir a buscarte en un par de horas.

Estaba guapo, pensó ella, admirando la anchura de sus hombros, la forma de su boca. Y sus ojos. ¿Cómo podían haberle parecido fríos alguna vez? En aquel momento estaban llenos de alegría.

Duncan salio de detrás de su escritorio y la tomó por la cintura.

–A ver si lo adivino: has venido a convencerme para que reparta beneficios con mis empleados.

–¿Puedes repartir beneficios con tus empleados? Oye, pues deberías pensarlo.

Qué típico de Annie, pensó Duncan, llevándola al sofá. Volvía del colegio, lo sabía porque llevaba una falda por debajo de la rodilla y un jersey ancho. Tenía el pelo un poco alborotado y no llevaba ni gota de maquillaje. No era la Annie sofisticada con la que iba a las fiestas, era más real, más bonita.

Ella se aclaró la garganta antes de decir:

–Hablé con Valentina en la fiesta de anoche.

El buen humor de Duncan desapareció de repente y no la sorprendía.

–No sé qué te dijo, pero está mintiendo. No se puede confiar en ella, Annie. Hará lo que sea, dirá lo que sea para salirse con la suya.

–Pero te quiere.

–¿Y tú la has creído?

–Te quiere, Duncan. Se ha dado cuenta de que cometió un error y quiere volver contigo. Estuvisteis casados, le debes una oportunidad.

Annie había creído las palabras de Valentina, podía verlo en sus ojos. Aunque en ellos había algo más. Dolor tal vez, desconsuelo.

¿O estaría viendo demasiado? Él no sabía mucho sobre las mujeres. Sabía que mentían, que manipulaban, al menos ésa había sido su experiencia. Sabía que, si tenían la oportunidad, venderían a cualquiera.

Aunque Annie no era así. Parecía auténtica, sincera. La había visto con sus alumnos, con sus primas y con su tío. Era exactamente lo que parecía ser, sin engaños. Abierta, divertida, sincera. Se movía con el corazón, lo cual la convertía en una ingenua, pero todo el mundo tenía defectos.

–¿Has venido a hablarme de Valentina? –le preguntó, incrédulo.

–Estaba llorando, Duncan. Está locamente enamorada de ti. Al principio no quería creerla, pero cuando me preguntó si había estado enamorada alguna vez, si había encontrado a la persona de mi vida… sé que lo decía de verdad.

–Es muy buena actriz, Annie. No te dejes engañar por esas lágrimas.

–Pero es tu mujer.

–Ex mujer. Hace tres años que dejó de ser mi mujer.

–¿De verdad vas a decirme que no la quisiste? ¿Que te da igual?

–Claro que la quería cuando me casé con ella –respondió él, enfadado–. Fui un idiota.

–Pero deberías escucharla…

Duncan se levantó para acercarse a la ventana, frustrado.

–No tengo nada que decirle.

–Pero me ha suplicado que me apartase y eso es lo que tengo que hacer. Dale una oportunidad.

–Tenemos un trato, Annie.

–Pero ya casi ha terminado. ¿Qué más da que dejemos de vernos ahora o dentro de unos días?

Duncan había sabido que su relación tenía fecha de caducidad, pero hasta aquel momento no había querido pensar en lo que pasaría después de las navidades, cuando Annie ya no estuviera a su lado.

Se marchaba, como se habían marchado todas. Su excusa era noble, pero el resultado era el mismo. Se marcharía y él se quedaría sin ella...

–Nuestro acuerdo es muy claro –le dijo entonces, furioso–. Si te marchas ahora, tu hermano irá a la cárcel.

Duncan se preparó para las lágrimas, para el ataque de furia, para las amenazas. Pero Annie se limitó a sonreír.

–Por favor, los dos sabemos que eso no es verdad. Tú no eres esa persona –la sonrisa tembló un momento en sus labios antes de desaparecer–. ¿Crees que esto es fácil para mí? Pues no lo es. Te quiero, Duncan. Pero mira tu vida y mira la mía. Éste no es mi sitio. Lo he pasado muy bien y eres una persona estupenda, mereces ser feliz. Por eso es importante para mí que le des otra oportunidad a Valentina. Una vez la quisiste y tal vez era un mal momento para los dos, tal vez no fuisteis capaces de entenderos.

Duncan había creído conocer a Annie, pero no era cierto. ¿Lo amaba y quería que estuviera con otra persona? La ridiculez de esa afirmación lo enfureció aún más.

–Si me quisieras te quedarías conmigo –le dijo, con voz ronca–. Ahora me dirás que quieres que sigamos siendo amigos.

–Estás enfadado.

–Y tú estás jugando conmigo, Annie. Si quieres marcharte, márchate. No me cuentes historias de qué es lo mejor para mí... eso es mentira y tú lo sabes.

Vio que sus ojos se llenaban de lágrimas, pero al contrario que las lágrimas de Valentina, aquéllas le dolían en el alma.

–Tú eres todo lo que yo he soñado siempre. Eres fuerte, bueno, generoso, divertido. Me gustaría pasar el resto de mi vida contigo, casarme y tener un montón de hijos. Me gustaría que los vecinos nos mirasen y dijeran: mira, son los Patrick, que llevan casados desde siempre –Annie apartó las lágrimas con la mano–. Pero no puedo pensar sólo en mí. También está Valentina y creo que estoy haciendo lo que debo…

–¿Y no se te ocurre pensar en mí?

–Sólo haría falta una palabra, Duncan. No voy a luchar porque pensé que no serviría de nada, que tú no me querías. Dime que todo ha terminado con Valentina para siempre, que me quieres. Y si me lo pides, me quedaré.

Duncan entendió su juego entonces, quería atraparlo.

–Ah, claro, quieres un marido rico. Desde luego, te mereces un aplauso por la originalidad. Ha sido un discurso estupendo.

Annie, pálida, tomó su bolso y se dirigió a la puerta.

–No hay manera de ganar contigo. Me lo dijiste una vez, pero no quise creerlo. Tal vez tengas razón sobre Valentina y yo esté equivocada, pero espero que intentes averiguarlo. En cuanto a mí, si puedes decir esas palabras, si las crees de verdad, si piensas que estoy contigo porque eres rico, entonces es que no me conoces en absoluto. Y supongo que tampoco yo te conozco a ti. Porque el hombre al que yo quiero puede ver en mi corazón y sabe quién soy. Y ese hombre no eres tú. Adiós, Duncan.

Annie salió del despacho y cerró la puerta.

Capítulo Once

Duncan no se había emborrachado en muchos años. Probablemente desde la universidad, cuando era joven y estúpido. Ahora era mayor, pero aparentemente igual de estúpido.

No había aparecido por la oficina en los últimos días y tampoco se había molestado en ir a ninguna fiesta. Las había hecho en casa, solo.

Ahora, con resaca, deshidratado y sintiéndose como si hubiera estado muerto durante un mes, se obligó a sí mismo a ducharse y vestirse antes de ir a la cocina para hacerse un café.

Le habían hecho daño muchas veces. Sus primeras tres peleas habían sido un desastre, apenas había podido dar un puñetazo. Su entrenador le había dicho entonces que se dedicara a otro deporte, tal vez el béisbol, donde lo único que podía golpearlo era la bola. Pero él no se había rendido y, cuando terminó el instituto, media docena de universidades le ofrecían una beca deportiva.

Hacerse cargo del negocio familiar no había sido fácil. Había metido la pata mil veces, había perdido oportunidades debido a su juventud y su inexperiencia. Sin embargo, había perseverado y ahora lo tenía todo. Pero nada en la vida lo había preparado para perder a Annie.

Sus palabras parecían perseguirlo:

«El hombre al que yo quiero puede ver en mi corazón y sabe quién soy. Y ese hombre no eres tú».

Habría preferido que sacase una pistola y le pegase un tiro; la recuperación hubiera sido más fácil. O, al menos, más rápida.

Pero se decía a sí mismo que lo importante era que se había marchado. Había desaparecido de su vida. Decirle que lo amaba sólo añadía un poco de drama a la despedida...

El problema era que no podía creerlo, Annie no era así.

En ese momento sonó el timbre y Duncan cerró los ojos, llevándose las manos a la cabeza mientras recorría el pasillo para llegar a la puerta. Y cuando abrió, Valentina estaba al otro lado.

–Esto es para ti –le dijo, entregándole una cajita–. El conserje me ha pedido que te la diera –añadió, entrando en el vestíbulo y mirando alrededor–. Es muy bonito, Duncan. Pero me hubiera gustado que conservaras el antiguo apartamento... había tanto espacio. ¿Cómo estás? Pareces muy pálido.

Duncan había reconocido la letra de Annie en el paquete. Pero, por mucho que quisiera abrirlo, no pensaba hacerlo hasta que estuviera solo, de modo que lo dejó sobre la mesa mientras iba a la cocina a tomar un café.

Valentina iba vestida de blanco. Desde las botas de ante al jersey, era la viva imagen de la elegancia y la sofisticación. Sabía cómo llevar la ropa, desde luego. Y quitársela para quien estuviera interesado.

–¿Por qué has venido? –le preguntó.

–Quería hablar contigo, Duncan. Sobre nosotros.

147

Lo dije de corazón, sigo enamorada de ti y quiero una segunda oportunidad.

Él la miró de arriba abajo. Seguía siendo la reina de hielo que había sido siempre. Y una vez eso era todo lo que él había querido.

—¿Y si te dijera que deseo tener hijos?

Valentina nunca había querido tener hijos. Era una complicación y, además, no quería estropear su figura.

—¿Hijos? Sí, claro –dijo ella–. Y un perro. No se pueden tener hijos sin tener un perro. Así aprenden a ser responsables.

—¿Los niños o el perro? –se burló Duncan–. No, da igual, déjalo. ¿Lo dices en serio?

—Sí, Duncan. Te sigo queriendo y estoy dispuesta a hacer lo que haga falta para demostrarlo.

—¿Incluyendo firmar un acuerdo de separación de bienes? –preguntó él–. No te llevarías un céntimo de mi dinero. Ni ahora ni nunca.

Duncan imaginó que el botox impedía que arrugase el ceño, pero había visto el frunce de sus labios y la repentina tensión en sus hombros.

—Duncan… maldita sea.

—Ah, ya, entonces es por el dinero.

—En parte –admitió ella–. Y también para demostrar algo. Eric me dejó. ¡A mí! Yo iba a terminar con él, pero se adelantó y quería que viera lo que había perdido.

Orgullo, pensó él. Era de esperar.

—Siento no poder ayudarte.

—¿Estás enfadado?

—Más bien aliviado.

—¿Perdona? –rió Valentina–. No serías quien eres

sin mí y tú lo sabes. Me encontré con un chico de la calle sin maneras y sin estilo y lo convertí en un hombre de mundo. No lo olvides.

–Y te acostaste con mi socio, sobre mi escritorio.

–Lo sé. Y lo siento.

–Ya da igual.

–Pero fue una estupidez, lo siento de verdad –Valentina suspiró mientras sacaba una taza del armario–. ¿Me invitas a un café?

–¿Por qué no?

–Te veo bien, Duncan. En serio, te has convertido en un hombre muy interesante.

Charlaron durante unos minutos más y cuando Valentina se marchó Duncan cerró la puerta, aliviado al saber que estaba fuera de su vida y esta vez para siempre. Pero enseguida se acercó a la mesa y tomó la cajita de Annie.

Dentro había un retrato de dos boxeadores… y conocía al artista porque tenía otra pieza suya en el estudio.

En la caja había una nota, una tarjeta de Navidad: *Esto me ha hecho pensar en ti.*

Duncan estudió el retrato e imaginó lo que costaría. Mucho más de lo que Annie se ponía permitir. ¿Por qué habría hecho eso cuando siempre estaba ahorrando cada céntimo?

Entonces miró la fecha. Se la había enviado después de despedirse de él. ¿A qué estaba jugando?

No lo sabía y eso lo molestaba. A él le gustaba que su vida fuera ordenada, sencilla, predecible. Pero Annie era todo lo contrario. Exigía demasiado, quería que hiciera lo que debía hacer, que fuese mejor persona. Quería que la amase tanto como lo amaba ella.

¿Lo amaba? ¿Creía que Annie lo amaba de verdad? Y si era así, ¿por qué la había dejado escapar?

–Es muy elegante –estaba diciendo Annie, en el jardín de la clínica en la que había ingresado su hermano.

–No está mal –sonrió Tim.

Era la primera vez que iba a verlo porque las visitas habían estado prohibidas hasta ese sábado, pero parecía más relajado que nunca.

–Hiciste lo que debías hacer, Annie –dijo él entonces–. No lo creía hasta hace unos días, pero ahora sé que hiciste bien. Necesitaba ayuda.

Ella dejó escapar un suspiro de alivio.

–¿Lo dices de verdad? –le preguntó, apretando su mano.

–Sí, claro. Yo estaba persiguiendo un sueño absurdo, convencido de que si seguía intentándolo tarde o temprano lo conseguiría… es lo que tú dices siempre de los chicos que copian en el colegio en lugar de estudiar.

–¿Y eso significa…?

–Que tengo una adicción al juego y debo curarme como sea. Nada de Las Vegas, ni el blackjack ni siquiera las rifas de las ferias. Me va a costar un poco, pero lo conseguiré.

Annie miró los ojos azules de su hermano y suspiró, contenta.

–No sabes cuánto me alegro, Tim.

–Yo también. Y siento mucho todo lo que te dije –se disculpó él–. No puedo creer que robase ese dinero… menudo idiota. Te agradezco mucho todo lo que has hecho por mí, Annie. Cualquier otra persona hubiera dejado que me enviasen a la cárcel.

—No podía hacer eso.

—Pero es lo que me merecía. ¿Sabes que he hablado con el señor Patrick y me ha dicho que podré recuperar mi puesto de trabajo cuando salga de aquí? —sonrió Tim entonces.

—¿En serio?

—Bueno, no tendré acceso a las cuentas bancarias por el momento, pero hemos hecho un plan de pagos por el resto del dinero.

¿Tim había hablado con Duncan? Le gustaría preguntarle cómo estaba, pero no quería seguir con ese tema o se pondría a llorar.

—Me alegro muchísimo.

—Y quiero pagarte a ti también.

—A mí no me debes nada.

—Sí te debo, Annie. Has hecho mucho por mí.

—No, sólo tuve que ir a un montón de fiestas, no tiene importancia.

También se había enamorado y le habían roto el corazón, pero eso era algo que Tim no necesitaba saber.

—Te compensaré, lo prometo.

—Lo único que quiero es que retomes tu vida, que seas feliz. Eso es suficiente.

Su hermano se levantó y tiró de ella para darle un abrazo.

—Eres la mejor hermana del mundo, Annie. Gracias.

Ella le devolvió el abrazo, emocionada. Porque si su hermano se ponía bien, todo merecía la pena. En cuanto a sí misma, y al vacío que sentía, no había nada que hacer salvo esperar que algún día pudiese olvidar a Duncan.

Duncan entró en el abarrotado restaurante y miró alrededor.

—¿Tiene mesa reservada? —le preguntó un camarero.

—No, no, estoy buscando a una empleada… Jenny. Ah, no importa, ya la he visto —Duncan se abrió paso entre las mesas y la tomó del brazo—. Jenny, tenemos que hablar.

—De eso nada. No tengo nada que decirte.

—Estoy buscando a Annie. He estado en todos los sitios en los que pensé que podría estar, pero no la encuentro. Tienes que ayudarme.

La joven lo fulminó con la mirada.

—Eres un canalla. ¿Sabes que llora todas las noches? No quiere que lo sepamos así que espera que nos vayamos a la cama. Pero la oímos, Duncan. Le has hecho mucho daño…

—Lo sé, lo sé. Y lo lamentaré durante el resto de mi vida. Annie es maravillosa y mucho más de lo que yo merezco. Pero la quiero, Jenny, te lo juro. Y quiero cuidar de ella. Así que, por favor, dime dónde está.

Jenny vaciló.

—No sé…

—Es Navidad, el tiempo de los milagros. ¿No puedes creer que haya cambiado?

—Pues la verdad, no.

—Estoy enamorado de Annie. Me gusta todo en ella. Adoro que esté dispuesta a vender su alma por salvar a su hermano, que coma chocolate cuando está estresada. Me encanta que aún no haya aprendido a caminar con zapatos de tacón y que a veces tenga que agarrarme del brazo para no caerse. Me fascina que vea lo mejor en todo el mundo, incluso en mí, y que crea que todo es posible –Duncan se aclaró la garganta–. Me parece admirable que os deje vivir con ella y que acepte un congelador regalado porque así puede daros de comer a todas, pero se niegue a aceptar unas ruedas nuevas aunque así conduciría más segura. Es maravilloso que quiera ser un ejemplo para sus alumnos y que esté dispuesta a cuidar de todo el mundo. ¿Pero quién cuida de ella? ¿Quién toma el relevo para que pueda descansar un rato? Pues yo quiero ser esa persona, Jenny.

Duncan dejó de hablar… y se dio cuenta de que todo el restaurante se había quedado callado, pendiente de sus palabras.

Jenny dejó escapar un suspiro.

–Te juro que si vuelves a hacerle daño…

–No lo haré –la interrumpió él, sacando una cajita de terciopelo del bolsillo–. Quiero casarme con Annie.

–Muy bien, está en la iglesia. Llamaron para decir que necesitaban ayuda con los adornos navideños y, por supuesto, ella ha ido a echarles una mano. Pero no vuelvas a meter la pata.

–No lo haré –dijo Duncan, antes de inclinarse para darle un beso en la mejilla–. Te lo prometo.

Annie estuvo descargando tiestos con flores de pascua hasta que le dolían los brazos. Y antes había estado colocando los libritos con los villancicos por todos los bancos de la iglesia…

–Has hecho el trabajo de diez personas –le dijo Mary Alice, la mujer del diácono–. Vete a casa, anda. Tienes que dormir un rato.

–Bueno, si no tengo nada más que hacer…

–Gracias por venir, de verdad. No quería molestarte, pero de repente todo el mundo estaba en la cama con gripe…

–De nada, Mary Alice. No me importa ayudar.

Annie salió de la iglesia diciéndose a sí misma que era verdad, no le importaba. Era Nochebuena y se negaba a estar triste o a sentirse sola. En realidad, tenía mucha suerte. Su hermano estaba recuperándose, sus primas eran un encanto, tenía un trabajo estupendo y muy buenos amigos. Si había un vacío dentro de ella… en fin, ya curaría. En las siguientes navidades se le habría pasado.

Era de noche cuando llegó al aparcamiento. Al día siguiente era Navidad, pero hacía calor. Otro día de Navidad con sol. Algún día iría a pasar las fiestas a un sitio con nieve…

Cuando iba a entrar en el coche vio una sombra que se dirigía a ella y se detuvo, asustada. Era un hombre.

Duncan.

El corazón de Annie dio un vuelco. Quería llorar, gritar, abrazarlo. Lo había echado tanto de menos.

–Annie…

Y ella lo supo entonces. Con una sola palabra supo que Duncan la quería, que se había dado cuenta de lo que era importante, que ella era la mujer de su vida. Y, de repente, sentía como si pudiera flotar.

Sin pensar, se echó en sus brazos y Duncan la apretó contra su torso como si no quisiera soltarla nunca.

–Annie… te quiero.

–Lo sé.

–¿Cómo lo sabes? Tengo un discurso preparado. Quería decirte cómo he cambiado y por qué puedes confiar en mí.

–Ya sé todo eso –dijo ella.

Duncan tocó su cara con las manos.

–Valentina sólo estaba interesada en el dinero. Aunque eso ya da igual. Nunca he querido estar con nadie más que contigo.

–Me gustaría decir que lamento que no haya salido bien, pero no sería verdad –suspiró Annie–. Supongo que eso es malo, ¿no?

–No, a mí me pasa lo mismo. ¿Quieres que te dé el discurso?

–No, tal vez después.

Por el momento sólo quería estar con él, sentirlo cerca y saber que la amaba. Era perfecto. Duncan era su regalo de Navidad.

–Por lo menos deja que haga mi papel –Duncan sacó una cajita del bolsillo y allí, en el aparcamiento de la iglesia, clavó una rodilla en el suelo–. Te quiero, Annie McCoy. Siempre te querré. Por favor, di que te casarás conmigo y pasaré el resto de mi vida haciendo que tus sueños se hagan realidad.

Luego abrió la cajita y Annie contuvo el aliento al ver un anillo de diamantes.

–¿De verdad quieres casarte conmigo?

–Es lo único que quiero, cariño. Ahora que te he encontrado, no pienso dejarte ir.

Annie no sabía cómo o por qué había tenido tanta suerte, pero se sentía la mujer más feliz de la tierra.

–Sí, me casaré contigo.

Duncan rió mientras se incorporaba para ponerle

el anillo en el dedo. Y luego se abrazaron como si no quisieran soltarse nunca.

–Te he echado de menos –murmuró–. He estado perdido sin ti.

–Yo también.

–Me has cambiado, Annie. ¿Cómo he podido tener tanta suerte?

–Eso es lo que yo estaba pensando, que he tenido mucha suerte de encontrarte –dijo ella. Cuando abrió los ojos vio una estrella muy brillante en el cielo–. Mira, Duncan.

–Sólo es Venus.

–No me digas eso. ¿No crees que podría ser un milagro de Navidad?

–Si eso te hace feliz…

–Sí, me hace feliz.

–Entonces es un milagro –rió Duncan, besándola–. Feliz Navidad, Annie.

–Feliz Navidad, Duncan.

Deseo™

Una noche, dos hijos

KATHIE DeNOSKY

Arielle Garnier estaba embarazada y el padre no aparecía por ningún sitio... hasta que un día se presentó de repente en su despacho.

Zach Forsythe, multimillonario y propietario de una cadena de hoteles, era el hombre con el que había tenido una aventura en Aspen. ¿Cómo iba a confiar en él cuando le había mentido sobre su identidad y la había abandonado sin decir nada?

Zach no había olvidado a la belleza que le había dado siete días de felicidad. Pero encontrarla esperando gemelos suyos fue una sorpresa... como su negativa a casarse con él.

Padre desaparecido...
hasta ahora

¡YA EN TU PUNTO DE VENTA!

Acepte 2 de nuestras mejores novelas de amor GRATIS

¡Y reciba un regalo sorpresa!

Oferta especial de tiempo limitado

Rellene el cupón y envíelo a
Harlequin Reader Service®
3010 Walden Ave.
P.O. Box 1867
Buffalo, N.Y. 14240-1867

¡Si! Por favor, envíenme 2 novelas de amor de Harlequin (1 Bianca® y 1 Deseo®) gratis, más el regalo sorpresa. Luego remítanme 4 novelas nuevas todos los meses, las cuales recibiré mucho antes de que aparezcan en librerías, y factúrenme al bajo precio de $3,24 cada una, más $0,25 por envío e impuesto de ventas, si corresponde*. Este es el precio total, y es un ahorro de casi el 20% sobre el precio de portada. !Una oferta excelente! Entiendo que el hecho de aceptar estos libros y el regalo no me obliga en forma alguna a la compra de libros adicionales. Y también que puedo devolver cualquier envío y cancelar en cualquier momento. Aún si decido no comprar ningún otro libro de Harlequin, los 2 libros gratis y el regalo sorpresa son míos para siempre.

416 LBN DU7N

Nombre y apellido	(Por favor, letra de molde)
Dirección	Apartamento No.
Ciudad	Estado Zona postal

Esta oferta se limita a un pedido por hogar y no está disponible para los subscriptores actuales de Deseo® y Bianca®.
*Los términos y precios quedan sujetos a cambios sin aviso previo.
Impuestos de ventas aplican en N.Y.

SPN-03   ©2003 Harlequin Enterprises Limited

Bianca™

Iba a hacérselo pagar… ¡en la cama!

Obsesionado por ser hijo ilegítimo y por la pobreza con la que había crecido, Valente Lorenzatto no podía perdonar a Caroline Hales por haberlo dejado plantado en el altar.

Pero ahora que era millonario y había heredado un título nobiliario, estaba preparado para vengarse. Iba a arruinar a la familia de Caroline comprando su empresa… a no ser que ella accediera a darle la noche de bodas que le había negado cinco años antes…

Segunda boda

Lynne Graham

¡YA EN TU PUNTO DE VENTA!

Deseo™

Pasión con el jefe

KATE HARDY

El magnate Luke Holloway vivía de manera salvaje, pero en el trabajo siempre era un profesional. Sin embargo, su nueva empleada Sara Fleet le parecía irresistible. No pasó mucho tiempo antes de que consiguiera seducir a su ayudante correcta y formal y de que empezaran a romper todas las normas laborales… una y otra vez. Sara, una mujer tremendamente eficiente, nunca se había sentido tan fuera de control y, por si fuera poco, ¡tenía que decirle a su jefe que estaba embarazada!

No debería acostarme con mi ayudante... ¿o sí?

¡YA EN TU PUNTO DE VENTA!